COMO UN IMÁN

KAT

HARLEQUIN™

Editado por HARLEQUIN IBÉRICA, S.A.
Núñez de Balboa, 56
28001 Madrid

© 2007 Pamela Brooks
© 2015 Harlequin Ibérica, S.A.
Como un imán, n.º 2032 - 1.4.15
Título original: In the Gardener's Bed
Publicada originalmente por Mills & Boon®, Ltd., Londres.

I.S.B.N.: 978-84-687-6023-0
Depósito legal: M-882-2015
Editor responsable: Luis Pugni
Impresión en CPI (Barcelona)
Fecha impresion para Argentina: 28.9.15
Distribuidor exclusivo para España: LOGISTA
Distribuidor para México: CODIPLYRSA
Distribuidores para Argentina: Interior, DGP, S.A. Alvarado 2118.
Cap. Fed./Buenos Aires y Gran Buenos Aires, VACCARO HNOS.

Capítulo Uno

«¡Vaya con la oficina electrónica!», pensó Amanda mientras levantaba los dos pesados maletines. Si quería terminar esos listados, tenía que llegar a casa, sacar comida precocinada del congelador y comérsela mientras trabajaba.

En cuanto entró en el piso y captó el aroma, supo que iba a tenerlo un poco complicado. Estaba claro que Dee tenía visita esa noche, y los amigos de su compañera de piso, a pesar de ser muy bohemios, eran muy escandalosos.

–¡Ey, Mand! Estaba me preguntaba si tenías pensado dormir en la oficina esta noche –bromeó Dee mientras salía de la cocina.

–No –aunque, tal vez, debería haberlo hecho; al menos así podía haberse evitado tener que ser amable con gente a la que sabía que no le caía bien. Dee era un encanto, pero Amanda sabía que no encajaba en su grupo de amigos, era demasiado callada, demasiado seria–. Lo siento, no sabía que tenías invitados esta noche. Deja que me caliente algo en el micro y me quitaré de en medio en menos de diez minutos.

–No, no y no –dijo Dee.

–¿Qué?

–No, no tengo invitados. No, no vas a comer esa basura de siempre. Y no, no vas a encerrarte en tu cuarto toda la noche con una montaña de trabajo. ¡Y mucho menos un viernes!

–¿Has cocinado para mí? Dee, ¿es esta tu forma de decirme que vas a mudarte con Josh y que voy a necesitar una compañera nueva?

–¡No seas tan paranoica! –sonrió–. No pasa nada. Solo he pensado que te merecías un regalito. Has pasado unas semanas espantosas y trabajas demasiado –dijo Dee.

Era un tema delicado; lo que menos necesitaba era una de esas lecciones sobre el equilibrio entre la vida y el trabajo que recibía de Dee.

–Así que esta noche cocino para ti, para darte un respiro. Una charla de chicas te irá bien.

Amanda no estaba tan segura de eso. Se le daba mejor tratar con números y porcentajes que con las personas.

–He preparado pollo cajún con puré de patata dulce, judías verdes y pimientos asados. Ah, y panacota con frambuesas.

–De acuerdo, estoy vendida –dijo con una sonrisa–. Pero te has tomado demasiadas molestias, Dee. ¿Esto no habrá hecho que te retrases en ningún plazo de entrega, verdad?

–Nooo.

¿Era su imaginación o Dee parecía sentirse ligeramente culpable? Lo descubrió al segundo de dar el primer y exquisito bocado.

–Eh… necesito un favor –dijo su amiga moviéndose inquieta en la silla–. Sabes que quiero trabajar en televisión, producir programas… Y que tengo una amiga que es la secretaria personal de un productor de televisión, bueno, pues ha hablado con su jefe de una de mis ideas y le ha dicho que si puedo darle una cinta piloto, podría conseguirme algo.

–Es una noticia brillante. ¿Y de qué se trata?

–Voy a lanzar un programa llamado *Te cambio mi vida*, sobre dos personas con estilos de vida distintos que pasan dos semanas juntas y aprenden la una de la otra.

Un *reality*, una de las cosas que Amanda odiaba.

–Parece interesante –dijo con educación.

–Y tú serías perfecta para el piloto.

–¿Yo? ¿De dónde te sacas eso?

–Chica de ciudad, trabajas en finanzas, sin tiempo para divertirse… ¡Eres un caso extremo!

–¿Caso?

Dee ignoró la indignación de Amanda.

–Estarías genial con alguien que sí que disfrute de la vida.

–Yo no necesito disfrutar de la vida. ¿No dirás en serio que me cambie por alguien que se pasa el día en un salón de belleza o jugando a videojuegos?

–¡Te volverías loca en segundos! –dijo Dee riéndose–. No, esto es más bien… –frunció el ceño, como si estuviera pensando el mejor modo de exponerlo–. Piensa en ello como un enriquecimiento laboral en que el uno puede aprender del trabajo del otro.

–Es una idea genial, Dee… para otro. Yo no necesito un enriquecimiento laboral. Estoy perfectamente feliz como estoy.

–No, no lo estás. Ya ha pasado una semana desde la evaluación que te hicieron en la oficina y aún sigues dándole vueltas al tema.

–No, no es verdad –mintió Amanda.

–Me dijiste que tu jefe te dijo que querían que fueras más flexible. Hacer este piloto demostraría lo flexible que eres porque podrás mostrar que puedes hacer el trabajo de otra persona durante una semana. Un trabajo que se desarrolla en un área totalmente distinta a la tuya, lo cual significa que puedes aportar tus habilidades para mejorar la vida de la otra persona y aprender otras nuevas que luego podrías aplicar en tu trabajo y restregarle por la cara a tu jefe. Yo creo que iría genial. Eres fotogénica, tienes una voz clara y eres una absoluta profesional en todo lo que haces. Por eso te lo estoy pidiendo a ti.

–Más bien me estás intentando camelar. Ni soy una supermodelo ni he actuado en mi vida.

–Esto no es actuar. Es un *reality show,* así que lo único que tienes que hacer es ser tú misma. Podría ser positivo para las dos, Mand. Tú puedes mostrar tu talento y demostrarle a tu jefe que estás lista para que te asciendan; y yo hago un piloto excelente y obtengo la oportunidad de demostrar que puedo dedicarme a esto. Las dos salimos ganando. Me estás haciendo un favor, sí, pero tú también obtendrías algo de ello –esbozó una pícara sonrisa–. Y yo podría asegurarme de que la persona con la que te cambies de vida sea un cocinero excelente y te prepare panacota o algún postre de limón cada día.

–Si quiero panacota puedo comprarla en la tienda gourmet de camino a casa.

–La tienda gourmet suele estar cerrada para cuando sales del trabajo. Y esta sería casera.

–¡Oye! ¿No estarás pensando en convertirme en cocinera durante una semana, verdad? –preguntó horrorizada ante la idea de verse metida en una cocina con un chef regañándola y gritándole.

–No creo que nadie pudiera enseñarte a cocinar ni en un año –dijo Dee riéndose–, ¡así que mucho menos en una semana!

–Y yo tampoco quiero aprender. La comida es solo un combustible –dijo con un gesto de desdén–. No pienso malgastar en la cocina un tiempo…

–En el que podrías estar trabajando –añadió Dee–. Ya, ya. Ya he oído eso un millón de veces y sigo discrepando.

–Entonces estamos de acuerdo en que ambas discrepamos –respondió Amanda recostándose en su silla–. ¿Tienes a alguien en mente?

–Estoy trabajando en él. En ello –se corrigió apresuradamente.

–¿Él? ¿No será esto un intento de cita a ciegas, verdad?

–No, no, no. No estoy buscándote pareja.

–Bien. Porque soy perfectamente feliz estando soltera. Si quiero ser la socia más joven que la empresa ha tenido nunca, no tengo tiempo para distracciones –sobre todo cuando parecía que iba a tener que trabajar el doble para demostrar lo que valía; aún le dolía que ese tipo de la oficina que había suspendido los exámenes cuando ella había aprobado con honores hubiera recibido un ascenso en su lugar. Él gustaba a la gente, así que ella tenía que trabajar el doble para compensar que no cayera bien a nadie.

—Estaba pensando en que te cambiaras con un chico para mostrar la diferencia entre sexos y esas cosas…

—Y va a ser totalmente opuesto a mí. ¿A qué se dedica?

—A las finanzas no. Mira, sé que eres una maniática de las planificaciones y que, probablemente, te esté volviendo loca que no te esté dando todos los detalles, pero no puedo decirte nada en concreto hasta que los dos hayáis aceptado.

—¿Músico, pintor, fotógrafo?

—Te lo diré en cuanto pueda. Tú confía en mí. Míralo como una oportunidad para ser flexible.

—¿De cuánto tiempo estamos hablando exactamente?

—Dos semanas. Tú sigues de cerca a esa persona durante una semana y esa persona te sigue a ti durante la otra. Grabáis algunas de las cosas que pasan y le contáis a la cámara lo que habéis aprendido el uno del otro.

—Si lo hago, si es que lo hago… tendría que aclarar con mi jefe eso de que me siguiera al trabajo, y habría que tener en cuenta también el tema de la confidencialidad de los clientes. Probablemente tendría que pedir días de permiso para hacer el seguimiento de su vida.

–Tienes montones de días libres que has ido acumulando y que nunca usas; además, el año pasado no te pediste todos los días de vacaciones que te correspondían. Te los deben. Mand, será divertido. Lo único que tienes que hacer es un vídeo en forma de diario durante una semana y analizar la situación al final, señalar qué aspectos de tu vida mejorarían la vida de la otra persona y qué aspectos de la suya te beneficiarían. ¿Qué tienes que perder?

–Hablaré con mi jefe el lunes. Si puedo compaginarlo con el trabajo, lo haré.

–Eres la mejor.

–¿Cómo está mi hermano favorito? –preguntó Fliss al abrir la puerta.

–Tu único hermano, querrás decir –dijo Will con una sonrisa.

–Aun así, eres mi hermano favorito –lo abrazó–. Gracias por venir. Sé que tienes una agenda muy apretada.

–Es lo que toca en esta época del año. Un no parar de sembrar, plantar, desherbar…

–Y te encanta. Ver brotar vida nueva, cuidar de tus plantas, hacer magia en la vida de la gente cambiando un espacio que odiaban y convirtiéndolo en lo que siempre habían soñado.

–Veo que al final has acabado aprendiéndote mi rollo –le dijo sonriendo.

–No es ningún rollo. Es como eres. Y te agradezco que hayas tenido un hueco para mí.

–Ey, yo siempre tengo tiempo para ti, y lo sabes. Bueno, ¿qué es eso tan importante que tenías que contarme?

–Pasa y siéntate –fueron a la cocina, donde la pila de cuadernos le indicó a Will que su hermana estaba corrigiendo los deberes de los alumnos. Fliss encendió la tetera–. Necesito un favor, y me ha parecido que sería más fácil explicártelo cara a cara en lugar de por teléfono.

–¿Qué clase de favor? –preguntó Will.

–Es un favor para Dee. Necesita que te cambies de vida con otra persona.

–¿Que necesita qué?

–Deja de mirarme como si tuviera dos cabezas.

–En sentido estricto, sí que las tienes –le dijo señalando su barriga de embarazada.

–Ponte serio aunque sea por una vez. Esto es importante. Es la oportunidad de mi mejor amiga de entrar en televisión con un programa piloto. La idea es que dos personas con estilos de vida distintos se cambien por una semana y vean qué pueden aprender el uno del otro.

–¿Quieres que deje a mis clientes en manos de alguien que ni siquiera sabe cómo o cuándo regar una planta? –sacudió la cabeza–. Lo siento, Fliss. Aprecio mucho a Dee, pero no pienso poner en riesgo mi negocio por ella –le había costado demasiado tiempo levantarlo.

–No va a ser tu sustituta, solo te va a seguir de

cerca durante una semana. Hará lo que hagas tú siguiendo tus directrices –le explicó Fliss.

–¿Sustituta? ¿Es una mujer?

–Bueno, hace falta que seáis opuestos… por eso se va a llamar *Te cambio mi vida*. Seréis perfectos: chico de campo y chica de ciudad.

–Hay un pequeño problema. Que yo recuerde, vivo en una ciudad –aun así, ¿una chica de ciudad? ¡No, gracias! Ya había tenido bastante con su madre, que estuvo tan enganchada a su trabajo que metió a sus hijos en un colegio interno a la primera oportunidad que le había surgido, y que en vacaciones se los mandaba a cualquier pariente que aceptara quedárselos.

–Durante el rodaje podrías alojarte en la casa rural de Martin y Helen en los Fens y hacer trabajos para el centro de jardinería. Sería una buena publicidad para ti.

–Fliss, eres un encanto por pensar en mí, pero estoy bien. No necesito publicidad. Tengo una lista de espera de seis meses de gente que quiere que reforme su jardín. Y, sí, sé que podría ampliar el negocio y contratar empleados, pero me gusta hacerlo todo a mí mismo, me gusta atender a mis clientes personalmente, me gusta ser el que ponga en sus vidas ese rinconcito de magia.

–Eres un obseso del control –farfulló Fliss.

–No, no lo soy. Pero la gente acude a mí porque quiere que diseñe su jardín. No sería justo que los atendiera otra persona. Y si amplío el negocio, me pasaré la mitad de la vida entre papeles y las únicas plantas que veré estarán en mi despacho. Encerradas como yo. No, gracias.

—¿Lo ves? Sois opuestos. Ella está atada a su oficina. Tú estás atado al aire libre.

Atado. No le gustaba cómo sonaba esa palabra… ni tampoco el brillo de los ojos de su hermana.

—Fliss, ¿no será esto uno de tus descabellados planes para buscarme novia, verdad? —su hermana, que estaba felizmente casada y embarazada, quería que él tuviera lo mismo y se pasaba la vida presentándole chicas. Eso a él lo volvía loco, porque ella se negaba a ver que, en ese momento, su trabajo le ocupaba todo el tiempo—. Porque si lo es, deja que te diga una vez más que no estoy preparado para sentar cabeza con nadie. Si algún día decido que lo estoy, seré perfectamente capaz de elegirla yo solito.

—Pues las seis últimas han sido… eh…

—Ninguna ha sido la mujer de mi vida. Era por diversión, y ellas lo supieron desde el principio. Y si vas a mencionar a Nina, no lo hagas…

—Pero no has salido con nadie desde entonces. Has dejado que te arruine la vida.

—Deja de exagerar —dijo Will riéndose—. Mi vida no está arruinada. Lo único que pasa es que no he encontrado a nadie que me interese lo suficiente como para salir con ella. Y si esta es tu idea de liarme con alguien, tú misma tendrás que explicarle que has cometido un error, porque tu hermano pequeño es un hombre maduro que sabe lo que hace.

—Entendido. Y esto no es ningún intento de buscarte novia, es para el programa piloto de Dee —suspiró–. Mira, si no lo quieres hacer por tu trabajo, podrías hacerlo por Martin. Sabes que está intentando competir con las grandes cadenas de viveros.

–Le mando a mis clientes; les gustan las plantas tan originales que siembra.

Pero no era suficiente y ambos lo sabían.

–Una publicidad así le vendría muy bien –dijo Fliss con delicadeza.

–Sí. Sé cuánto le debo. Y no solo por nuestra época de colegio, cuando nuestros padres nos dejaron con él. Me ha enseñado muchísimo de plantas y me apoyó cuando decidí estudiar horticultura, hasta me dio un lugar donde vivir y me recomendó algunos clientes del centro de jardinería cuando me puse por mi cuenta. Hacer esto sería mi oportunidad de devolverle parte de todo aquello.

–Tú decides, hermanito. Como has dicho, ya eres un chico mayor y tienes derecho a negarte.

–Me alegro de que lo entiendas. Pero de acuerdo, lo haré. Eso, contando con que la casa rural esté libre.

–Ya lo he comprobado. Estará libre.

–Y contando con que a Martin le parezca bien que lo haga.

–Por supuesto que le dirá que sí a su sobrino favorito. Además, es una excusa brillante para que Helen le obligue a tomarse una semana de vacaciones.

–Y contando con que –remarcó– mis clientes me den permiso.

–A ti nunca nadie te dice no, Will.

No era del todo verdad; las dos personas que siempre había querido que le dijeran sí, siempre le habían dicho «ahora no», y al final nunca habían tenido tiempo para ese ahora. Miró a su hermana con gesto adusto.

–Bueno, ¿y qué sabes de esa mujer con la que tengo que hacer el intercambio?

–Que vive en Londres. Que es contable. Que no sabe nada de plantas.

–¿La conoces?

–Más o menos.

–¿Y?

–Dejémoslo en que es todo lo contrario a ti, Will.

–Esto me da mala espina. Mira, puedo preguntar por ahí y ver si alguien puede ayudar a Dee.

–Pero entonces Martin saldría perdiendo –apuntó Fliss en voz baja–. Y eso no sería justo.

–Eso es manipulación, Fliss. Algo digno de nuestra madre –era el peor insulto que podía lanzarle a su hermana, aunque esta lo ignoró.

–Dee está desesperada por que esto salga bien, Will. Necesita un chico de campo de verdad, alguien que conozca el canto de los pájaros, la flora y la fauna.

–Soy paisajista urbano. Todos mis clientes viven en una ciudad, y yo también.

–Pero sabes de cantos de pájaros y de flora y fauna. Mira, tienes la nota más alta en la historia de tu licenciatura. Sabes exactamente lo que haces. Y, además, quedarías perfecto en pantalla.

–No quiero ser jardinero de la tele.

–Podría hacer que nuestros padres acepten tu trabajo. Hasta podrían admitir que tomaste la elección adecuada al rechazar aquella plaza en Oxford.

–No necesito su aprobación. Ya sé que tomé la decisión correcta.

–Además, te estás convirtiendo en uno de los nombres más respetados del negocio, y mírate: alto, moreno y guapo. Estarías genial en el programa piloto. Eres una persona tranquila y tienes una voz preciosa.

–Entonces, si esa mujer es mi opuesto, y basándonos en tu descripción, ella sería baja, rubia, fea, nerviosa y con un vozarrón desagradable.

–Lo cierto es que es bajita, rubia y guapa, pero tú eres cálido y ella es un témpano. Tú conectas con la gente y ella vive en una torre de marfil.

–¿Y se supone que tengo que aprender algo de ella? ¿Como qué?

–Bueno, eres demasiado bondadoso y… ¡oh! –se llevó una mano a la boca.

–A lo mejor debería empezar a endurecerme ahora… diciéndote que no –bromeó.

–Por favor, Will. Dee se merece esta oportunidad. Y también Martin saldrá beneficiado.

–De acuerdo –dijo suspirando–. Miraré mi agenda y veré qué puedo arreglar y cómo convencer a mis clientes. Pero lo hago por Martin. Y si esta mujer resulta ser un suplicio…

–Todo irá bien. Se te da bien la gente –se acarició la barriga–. Peque, que quede claro que tienes al mejor tío del mundo.

–Si lo soy es solo porque tuve un buen modelo en quien fijarme.

–Eres el mejor –le sonrió–. Gracias. No lo lamentarás. Y solo serán un par de semanas.

–Catorce días. Trescientas treinta y seis horas –se estremeció–. Veinte mil…

–Para, para, no puedo calcular tan deprisa de cabeza. ¿No serás un banquero encubierto?

–Muy graciosa –no. Él jamás trabajaría en finanzas. No le gustaba la gente de ese mundo–. Que nuestros padres no te oigan decir eso.

–Hace mucho tiempo que dejaron de agobiarte.

–Sí –suspiró. Aunque esa mujer resultara ser un incordio, se aseguraría de que el programa piloto fuera bueno. Por el bien de Martin y de Dee–. Pues dame el número de Dee. La llamaré para decirle que voy a hacerlo.

Capítulo Dos

En mitad de la nada. Era el único modo de describir dónde vivía Will Daynes.

Era peor, si cabía, que la aldea donde había crecido. Ahí no había nada alrededor de la casa, solo los Fens extendiéndose kilómetros y kilómetros. Había quienes pensaban que el campo era un lugar para pasar unos encantadores días de descanso, con preciosas vistas y pajarillos cantando, pero Amanda sabía que no era así. El campo significaba soledad. No le extrañaba que su madre se hubiera vuelto tan distante y una persona de tan mal genio estando allí metida. El campo era una trampa.

Pero entonces lo recordó. Flexibilidad. No se rendiría antes de haber, siquiera, empezado.

Bajó del coche, fue hasta la puerta principal y llamó al timbre. No obtuvo respuesta. Se extrañó. Sabía que Will la estaba esperando, así que ¿por qué no estaba allí para recibirla? Volvió a llamar. Nada. Con impaciencia, agarró el móvil. Ningún mensaje. Marcó el número de casa.

–Hola –dijo Dee.

–Dee, soy Amanda.

–¿Hola? ¿Hola? ¿Hay alguien ahí?

–¡Soy Amanda! –gritó.

–Se te oye muy mal. ¿Va todo bien?

–No, aquí no hay nadie. ¿Sabes algo de Daynes?

–No, pero no te preocupes. Sabe que ibas a ir. ¿Has llegado antes de tiempo?

–Diez minutos –se vio obligada a admitir. No llegaba nunca tarde a ningún sitio.

–Pues entonces será por eso. Tranquila. Estará ahí a la hora que dijo. Disfruta de la semana.

Will no le había dado ninguno de los detalles que ella le había dado a él; no le había mandado ni una foto ni datos de contacto, de modo que no tenía ni idea de qué aspecto tenía. Al menos sí que le había mandado unas notas garabateadas sobre cómo llegar a la casa. Para ser justos, las indicaciones habían sido perfectas. Abrió el maletero y sacó la pequeña videocámara que le había dado Dee.

–Día uno. He llegado. Aquí no hay nadie y jamás había visto un lugar tan vacío. Resulta inhóspito en verano, así que no quiero ni imaginarme cómo será en invierno. Aquí solo hay unos campos infinitos y llanos, y unos cielos enormes. No creo que vaya a aprender nada de esta semana de intercambio, aparte de que Londres es, sin duda, el lugar perfecto para mí. Este lugar está muy atrasado –dijo cerrando los ojos–. Y quiero irme a casa.

–¿Ya te has rendido antes de empezar? –preguntó una voz relajada y elegante.

Amanda se sobresaltó y apagó la cámara.

–¡Dios mío! ¿De dónde has salido?

Él señaló un coche destartalado aparcado detrás

de ella, un coche que ni siquiera había oído. Después, esbozó una leve sonrisa.

–Amanda Neave, imagino.

–Sí. Y tú debes de ser William Daynes.

–Will –la corrigió.

Se tomó un momento para estudiarlo, y después deseó no haberlo hecho, porque sintió una extraña punzada en el corazón. Lo cierto era que Will Daynes era increíble. ¡No le extrañaba que Dee lo hubiera querido para el programa piloto! Las telespectadoras se derretirían en cuanto lo vieran. Alto, con la piel clara y el pelo muy oscuro, ondulado, más bien alborotado, y demasiado largo. Hombros anchos, un pecho firme cubierto por una camiseta negra y unas piernas largas, muy largas, bajo unos vaqueros tan descoloridos y suaves que le dieron ganas de tocarlos. Pero contuvo el impulso.

¡Y luego estaban sus ojos! Eran de un verde claro impactante; no, mejor dicho, más que verdes eran dorados. Grises. Plateados. Una mezcla sobrenatural de colores.

¿Era posible que estar en ese espacio abierto la estuviera afectando?

–Y esta es Sunny –un *springer spaniel* marrón y blanco estaba sentado detrás de él y miraba a Amanda con curiosidad, pero claramente sin intención de moverse sin permiso de su amo.

Dee no le había dicho nada sobre ningún perro, y ella se había pasado los últimos veinticuatro años evitándolos. ¿Por qué no la había avisado? ¿Y por qué no se le había ocurrido a ella misma? Era normal que un chico de campo tuviera perro. Y más de uno, tal vez.

—Hola, Sunny —involuntariamente, dio un diminuto paso atrás.

—No te hará daño.

¡Menuda primera impresión le habría dado!, apartándose asustada de su perrita. Seguro que la consideraba una absoluta cobarde que huía de todo. Pero ella no era así.

—Estira la mano y deja que te olfatee. No te morderá. Aunque puede que te lama.

Apenas atreviéndose, Amanda alargó la mano. Cuando Will asintió con la cabeza, la perra dio un paso adelante, le olfateó los dedos a Amanda y le dio un lametazo antes de sentarse educadamente y mirarla expectante.

—Está esperando a que le acaricies la cabeza.

—¡Oh! Tiene el pelo muy suave.

Sunny movió la cola mientras Will seguía esbozando esa enigmática sonrisa.

—Pasa. ¿Dónde están tus cosas?

—Me apaño sola —le respondió ella alzando la barbilla.

—Seguro que sí, pero me han educado para cuidar de mis invitados.

Sin decir más, abrió el maletero del coche, dejó que le sacara la maleta y lo siguió hasta la casa.

—Tu habitación —dijo Will tras subir las escaleras; abrió la puerta y dejó la maleta junto a la cama—. Si quieres refrescarte un poco, el baño está al final del pasillo. En tu habitación hay un par de toallas limpias; si necesitas más, están ahí, en el cuarto de la caldera.

Supuso que la otra puerta que quedaba era la de su dormitorio.

–Te espero en la cocina cuando estés lista –y con otra de esas suaves sonrisas, se marchó.

Amanda suspiró y se sentó en la cama. Nada tenía que ver con lo que se había esperado de la casa de un jardinero, aunque… ¿qué se había esperado? Will no le había dado ninguna pista de nada. Tenía que hablar con él y descubrir qué pasaría esa semana.

Deshizo la maleta rápido, fue al baño, se lavó la cara y bajó. Algo olía muy bien.

–El almuerzo –dijo sirviendo una sopa verde en dos cuencos blancos y dejándolos sobre la mesa de pino–. Toma pan y queso –sobre una tabla de madera había un pan y un cuchillo, un plato de mantequilla, otro plato blanco con tomates y otro con una gran cuña de queso.

–Gracias –le sonrió y se sentó. Al probar la sopa notó cómo los ojos se le abrieron de par en par–. ¡Esto está delicioso! ¿Dónde la has comprado?

–La menta es de mi huerto y los calabacines del mercadillo agrícola.

–¿La has hecho tú? –le preguntó asombrada.

–Antes del desayuno, para que los sabores se asentaran.

Así que Dee no bromeaba cuando le dijo que le encontraría a alguien que cocinara.

–Muy rica. ¿Los tomates también son de tu huerto?

–Del mercadillo. Los míos aún no están listos.

–Yo, eh, no sé mucho de jardinería –murmuró.

–¿No trata de eso lo del intercambio?

–Supongo que sí –¿cómo era posible que no tuviera nada que decir? En la ciudad nunca había tenido problemas con eso, siempre tenía respuestas para todo y nunca decía estupideces. Pero ahí… estaba empezando a sentirse como una persona distinta.

Bajita, rubia y guapa; así había descrito Fliss a Amanda Neave. Y una dama de hielo. A primera vista, Fliss había dado en el clavo; hasta sus ojos eran de un azul hielo. Seguro que siempre tenía un aspecto impecable y que jamás había cruzado un jardín ni descalza ni con botas de agua. Sus zapatos siempre estarían impolutos, su ropa sin una sola arruga, el pelo perfectamente peinado con ese estilo bob, y las uñas totalmente cuidadas.

Era la típica chica de ciudad que parecía ambiciosa, con una mente bien afilada y unos objetivos muy claros. No se había equivocado al prepararse para tratar con alguien como su madre, aunque existía una diferencia sorprendente: su madre no se habría puesto nerviosa por un perro, directamente habría considerado a Sunny un fastidio al que no querría ni ver. Al menos Amanda no le había pedido que se librara de su perrita. De momento…

La observó disimuladamente. Amanda Neave, además, tenía la boca más preciosa que había visto en su vida. Se imaginó llevándola a su cama y solo esa idea hizo que una cascada de deseo le recorriera la espalda. Un deseo al que no tenía intención de seguir. Estaba haciendo todo eso como un favor a su familia y a Dee; Amanda Neave era la última persona con la que debería tener una relación. Era opuesta a él. Era esa clase de persona centrada en su trabajo que siempre antepondría su carrera a todo lo demás. Sabía muy bien que no debía tener ninguna relación con ella, con una mujer que, en lugar de corazón, tendría una calculadora.

—Sírvete pan y lo que quieras. Y bueno, ¿de qué conoces a Dee?

—Es mi compañera de piso.

Eso le sorprendió. ¿Por qué iba a compartir piso con una maniática del control, una chica tan tranquila y despreocupada como Dee? Porque no había duda de que Amanda era una maniática, y el informe que le había enviado por medio de Dee así lo demostraba. Podía entender que, dado el trabajo que tenía, le hubiera pedido confidencialidad, pero esos horarios y planificaciones que le había pasado eran rígidos e inflexibles. Él no funcionaba así. Y esa semana, para marcar más las diferencias entre los dos, llevaría al extremo esa falta de estructura y orden.

—¿Y tú? —le preguntó ella.

—Es la mejor amiga de mi hermana.

—¿Fliss Harrison es tu hermana? —le preguntó impactada.

—Mmm. Me dijo que te conocía.

Will nunca había visto una expresión mutar tan rápido. Estaba claro que a Fliss no le caía muy bien Amanda y que era mutuo, pero Amanda era demasiado educada como para decirlo.

–Bueno, ¿y qué planes tienes para esta semana?

Él contuvo una sonrisa. Ese brusco cambio de tema era un claro intento por parte de Amanda de tener las cosas bajo control. Su control. Pero esa semana era de él, lo que significaba que no habría ningún reglamento.

–Depende del tiempo.

–¿Del tiempo? Pero creía que eras el gerente de un centro de jardinería.

¡Vaya! Ya había cometido un error.

–Más o menos. Solo estaré en el centro a ratos –hasta el momento, eso era verdad–. Estoy especializado en otra cosa.

–¿Y qué haces?

–Diseño jardines.

–¿Te refieres a embellecimiento de cubiertas, a elementos acuáticos y cosas así?

Estaba claro que había visto programas de jardinería por la tele.

–No estoy muy metido en modas de jardinería. La moda cambia y eso deja a mi cliente colgado con algo que a lo mejor no le gusta de verdad. Diseñar un jardín es más que hacer agujeros, plantar unos matorrales y unas esculturas y esperar que todo quede bien.

–Ah.

Hubo cierto tono de incredulidad en su respuesta, y Will se indignó. Sin duda, esa chica pertenecía al mundo de sus padres, y hasta tenía la misma opinión que ellos en lo que respectaba a la jardinería: que no era un profesión válida, que era algo que hacías si no eras brillante como para dedicarte a las finanzas, a la informática, al derecho o a la medicina. Y le enfurecía que hubiera logrado generarle la misma reacción que ellos, que le hubiera puesto a la defensiva en cuestión de segundos. Él no tenía que defenderse de nada, y menos ante ella, pero aun así no pudo evitar decir:

–En las reformas de jardines que ves por la tele utilizan plantas grandes para que no queden huecos que rellenar. Esas plantas son caras. Si tienes que trabajar con el presupuesto de una persona media, las plantas que pueden permitirse serán mucho más pequeñas, así que el jardín tardará tiempo en crecer y darle forma al diseño.

–Entiendo.

No, no lo entendía, pero él tenía que hacer que lo entendiera.

–Depende de la clase de suelo y del aspecto del espacio, es decir, de la luz y la forma del terreno. Y, lo más importante, depende del estilo de vida del cliente y de cómo quiera emplear ese espacio. Un diseño solo funciona si encaja bien en las necesidades del cliente. Es parte experiencia, parte experimento y parte instinto.

–¿Y qué clase de jardín diseñarías para mí?

–No tengo datos suficientes para responder bien a eso, pero me atrevería a decir que preferirías un jardín que necesitara pocos cuidados, que funcionara con un sistema de riego automático para que no te diera quebraderos de cabeza. Algo formal, tal vez ligeramente minimalista, que no estropearían ni niños ni mascotas. Y todas las flores serían blancas —añadió sin poder evitarlo. Frías y gélidas. Igual que ella.

—¿Esta semana tienes que ver a algún cliente?

—Puede.

—¿Te asusta que pueda ahuyentarlos? ¿Por eso no me has mandado la planificación semanal?

—En parte —admitió. Primero había querido ver cómo era.

—Siempre soy educada con los clientes. Si no escuchas lo que quieren, no harás un buen trabajo, porque no cubrirás sus necesidades —se cortó un pedazo de pan—. Y eso es lo que has dicho sobre hacer un buen diseño de un jardín. Puede que, después de todo, no seamos tan distintos.

—Lo dudo. Para empezar, yo no organizo mi tiempo hasta el último segundo.

—Pues entonces podrías estar perdiendo el tiempo. A lo mejor eso es lo que Dee cree que puedes aprender de mí. Organización.

—¿Y quién te dice que no soy organizado? —no era organizado, cierto, pero sabía perfectamente dónde lo tenía todo—. Además, los trabajos de creatividad requieren su tiempo para pensar.

—Tiempo para planificar —lo corrigió—. Y hay un momento en el que tienes que empezar a cumplir esos planes para que no te quedes atrasado con respecto a la planificación.

Discutir con ella probablemente sería un error, aunque era o eso o… No, no podía empezar a gustarle. Era de esa clase de personas que detestaba. Pero una extraña sensación en el estómago… seguro que se debía a que había bebido demasiado café. No, no era deseo. No podía desearla.

–Olvidas algo. No se puede controlar el clima. Si hay un vendaval, no puedes sembrar fuera.

–Puede que no sepa mucho de jardinería, pero hasta yo sé que no se pueden plantar semillas fuera en mitad del invierno.

¿Era eso que estaba viendo una sonrisa? No. Estaba seria. Demasiado seria. No podía evitar preguntarse qué aspecto tendría Amanda si sonriera, aunque, bueno, tal vez era mejor no descubrirlo, porque esa preciosa boca, una vez se curvara para esbozar una sonrisa, sería imposible de resistir. Sí, por mucho que detestara su mundo y todo lo que representaba, la atracción física estaba ahí, y eso no podía negarlo. Como tampoco podía negar que el deseo no era un buen cimiento para una relación.

–El invierno no es la única época del año en la que hace viento. Marzo es un buen mes para plantar fuera, y mira el viento que hace en marzo y cuánto llueve en abril.

–En ese caso, hay planes para emergencias.

–¿Es que todo hay que planearlo? Los mejores jardines empiezan como un experimento. Cambian, se adaptan. Lleva años hacer el jardín apropiado para alguien. E incluso entonces puede que al cabo de un año ya no sea el jardín apropiado, porque las circunstancias de uno pueden haber cambiado.

—Pues entonces adaptas el plan —dijo ella con firmeza.

—¿Alguna vez eres espontánea o todo lo tienes siempre tan rígidamente marcado?

—No puedo ser flexible.

Y tal vez eso era lo que Dee pensaba que podía aprender de él. El arte de adaptarse.

¡Ja! ¿Pero a quién intentaba engañar? Amanda no se adaptaría. Esperaría que el mundo de él se adaptara a ella. Eso del intercambio de vidas iba a ser una pesadilla, sobre todo porque su corazón estaba intentando dejarse llevar, preguntarse cómo de suave sería su boca, o si esos ojos azul hielo se suavizarían cuando la besaran. Y... No. ¡Rotundamente no! No iba a fantasear con Amanda Neave. Superaría los próximos trece días y medio y todo iría bien.

Capítulo Tres

–Tú has preparado el almuerzo, así que lo mínimo que puedo hacer yo es fregar los platos.

Era el trato que tenía con Dee en las raras ocasiones en las que comían juntas. Además, Amanda odiaba estar en deuda con alguien.

–Los invitados no friegan los platos. Siéntate y termina el café.

–Ya me lo he terminado y, en realidad, no soy una invitada. Soy tu sombra.

–¿Entonces esta noche vas a cocinar conmigo?

–Podríamos salir a cenar –propuso ella.

–Se supone que somos opuestos. No sabes cocinar, ¿a que no?

–No necesito cocinar –dijo con altanería.

–¿Ah, no? A ver… no cocinas, así que, o eres de esos que creen en comer comida cruda o vives a base de comida para llevar.

–Ninguna de las dos cosas –podía sentir cómo se estaba sonrojando y se obligó a mantenerse fría y a no perder el control–. Los supermercados venden comida congelada muy buena.

–Sí, ya. No sé qué le hacen a la salsa bechamel, pero resulta viscosa y el resto no sabe mucho mejor.

¿Entonces me estás diciendo que para ti la comida es un combustible, y nada más?

–¿Qué más puede ser?

Deseó no haber hecho esa pregunta cuando él respondió lentamente:

–Placer.

¡Oh, por favor! ¡Las imágenes que esa palabra le generó! Imágenes en las que las manos de él le acariciaban la piel. En las que su boca le recorría el cuello. En las que su cuerpo se deslizaba contra el suyo, piel con piel, provocándola hasta… ¡No! Agarró el paño y dijo bruscamente:

–¿No crees que nos deberíamos quitar de en medio los cacharros?

–¿Es que tenemos un límite de tiempo? ¿Y cuántos segundos crees que tenemos por plato?

Estaba riéndose de ella, ¡el muy cretino! Le entraron muchas ganas de tirarle algo, pero lo que tenía más cerca era un cuenco de agua jabonosa que haría que la camisa blanca se le pegara…

¿Pero qué le pasaba? ¿Desde cuándo tenía fantasías sexuales con hombres a los que apenas conocía? Ella no tenía tiempo para esas cosas. ¿No se lo había dejado muy claro su madre? «No dejes que el sexo se interponga en tu carrera». Por muy atractivo que fuera un hombre, no merecía tanto la pena como para perder un ascenso por él.

–Esperaba que esta tarde me enseñaras el centro de jardinería… si no tenías planeado hacer alguna otra cosa, claro. Y ya son las dos, así que deberíamos empezar a movernos.

Nunca había conocido a una persona tan condicionada por los tiempos.

–Quítate el reloj.

–¿Qué?

–Que te quites el reloj. Porque me pone enfermo que estés todo el rato mirándolo.

–No lo estoy mirando todo el rato –respondió ruborizada.

–A lo mejor debería grabarte cada cinco minutos, sin que te des cuenta, y obligarte a ver las imágenes luego para que puedas contar por ti misma cuántas veces lo miras.

Amanda se quitó el reloj y lo guardó en el bolso.

–¿Alguna otra cosa que te gustaría que hiciera?

«Besarme».

En ese momento él también sintió un rubor en las mejillas. ¿En qué demonios estaba pensando al dejar que el cuerpo le rigiera la cabeza? Era imposible que pudiera suceder algo entre los dos. Eran demasiado distintos. Sin embargo, al mismo tiempo no podía evitar preguntarse cómo sería sentir su boca. ¿Se derretiría la dama de hielo y resultaría ser una mujer cálida, entregada y…?

–Sube –le dijo llevándola al coche.

Esperaba que los empleados del centro de jardinería recordaran lo que les había dicho esa mañana en la reunión: mientras Martin estuviera fuera, él ejercería como gerente. No estaría allí todo el tiempo, y si surgía algún problema mientras estuviera en casa de algún cliente, debían llamarlo al móvil. No obstante, no contaba con que surgieran mayores problemas; la mayor parte del equipo llevaba trabajando con Martin desde que Will era pequeño, y trabajaban tan bien que el centro de jardinería prácticamente se llevaba solo. Lo único que podía ir mal era que alguien olvidara que él era, supuestamente, el gerente, e hiciera algún comentario, porque entonces Amanda se percataría y haría preguntas. Al menos tenía suerte de tener la habilidad de salir de aprietos con espontaneidad y agilidad.

–Una cosa –dijo al arrancar–. ¿Has traído ropa más apropiada?

–¿Qué quieres decir?

–Vaqueros o algo.

–Yo siempre llevo traje al trabajo.

–Para tu trabajo está bien, pero para el mío no es práctico. Por curiosidad, ¿tienes vaqueros?

–Eso es una pregunta personal.

–En otras palabras, no –suspiró–. Necesitas ropa que pueda soportar que te manches de barro accidentalmente, algo que no se arrugue.

No se podía creer que no tuviera unos vaqueros. Además, llevaba puesto un traje un sábado, cuando la mayor parte de la gente solía ponerse algo más cómodo e informal. ¿Es que siempre era tan estirada y retraída? ¡Qué dura iba a ser esa semana!

***

Will estaba en silencio y Amanda tuvo mucho tiempo para estudiarlo. Se fijó en que tenía las manos fuertes y ligeramente ásperas, pero bonitas al mismo tiempo. También vio que su coche era un completo desastre: aunque el asiento en el que estaba ella estaba limpio, el trasero estaba cubierto por una manta llena de pelo de perro, y había barro en las alfombrillas además de un montón de papeles a los pies del asiento del copiloto.

¡Irritante, un hombre irritante! Y le irritaba aún más que su cuerpo no pensara lo mismo. Que quisiera acercarse más, tocar, saborear. ¡Rotundamente no! Se cruzó de brazos para evitar dejarse llevar por la tentación.

Diez minutos más tarde, él giró por un camino de grava y Amanda vio un edificio de ladrillo y de una sola planta con el cartel «Viveros Daynes».

–¿Creía que solo eras el gerente? ¿Es que también es tuyo?

–Es un negocio familiar.

Amanda lo siguió adentro. Él sonrió a los dependientes que había por allí antes de llevarla al despacho que, al igual que su coche, estaba completamente desordenado y con papeles por todas partes. Qué raro que, en cambio, su casa estuviera tan limpia y cuidada. Estaba segura de que Will Daynes ocultaba algo.

–Hay algunos monos en el cajón de abajo. Deberían valerte, si son un poco largos, súbete las mangas. Puedes cambiarte aquí.

¿Cambiarse? ¿Qué quería decir con que se cambiara? La pregunta debió reflejarse en su rostro, porque él dijo:

—El traje se te va a arrugar si te pones el peto encima. Baja la persiana. Yo me quedaré fuera hasta que estés lista –le dirigió una sonrisa demasiado dulce, una con la que le decía que estaba disfrutando viéndola tan incómoda, y cerró la puerta.

¿Es que se creía que la iba a acobardar? ¡Ja! Echó la persiana, encontró el mono, se quitó el traje, se cambió, se subió las mangas y estuvo fuera del despacho al minuto.

—Qué rápido. Increíble –dijo él mirándole los zapatos. Sus caros zapatos italianos de tacón–. Se te van a ensuciar. ¿Qué número usas?

—Un treinta y siete. Puede que tengamos botas de goma de tu número –fue hacia un armario y rebuscó dentro–. Vaya, has tenido suerte.

Unas katiuskas verdes a juego con el mono. Bueno, al menos estaban nuevas.

—Pues venga, vamos a dar esa vuelta.

Will la llevó por la zona del invernadero y le habló de los distintos tipos de plantas y cómo se podían usar para transformarlo todo, desde un diminuto patio hasta un jardín enorme. Amanda se fijó en cómo le brillaban los ojos de pasión al hablar, la misma pasión que había visto cuando antes le había hablado de lo que significaba diseñar un jardín.

Entonces se agachó para mostrarle una flor de color lila claro parecida a una gerbera.

—Es una de mis favoritas para las esquinas.

El modo en que sus dedos acariciaron los pétalos

hizo que el deseo le recorriera la espalda. ¿Le acariciaría la piel a ella del mismo modo, la trataría como si fuera tan delicada y única y especial? Y la pasión en su voz mientras hablaba de sus plantas… ¿cómo sería esa pasión dirigida hacia una persona en lugar de a una planta? ¿Dirigida a ella?

¡Oh, no, no podía empezar a pensar en él de ese modo!

–¿Qué es? –le preguntó esperando que no se notara el calor que sentía en las mejillas.

–*Dimorphoteca*, la margarita de la lluvia. La puedes usar como hombre del tiempo. Si está abierta, hará sol. En cuanto se cierra, ya puedes meter en casa la ropa que tienes tendida.

Una planta funcional. Le gustaba cómo sonaba eso. Y era muy bonita, con los pétalos claros e impactantemente oscuros en el centro.

En ese momento pasó otro empleado vestido de verde y saludó a Will, que le devolvió el saludo con cariño. ¡Vaya! Todo el mundo por allí parecía encantado de verlo. Por la razón que fuera, Will Daynes hacía que la gente sonriera, y eso era algo que ella no veía en su trabajo.

¿Por qué la gente no sonreía así cuando estaba con ella? ¿Por qué seguía teniendo esa extraña sensación que había tenido de niña, la sensación de no terminar de encajar nunca?

Para distraerse de ese pensamiento, preguntó:

–¿Te encanta tu trabajo, verdad?

–La vida es demasiado corta como para que no te guste lo que haces. Solo podría ser jardinero.

–Yo también adoro mi trabajo. Me gusta poder quitarles preocupaciones de encima a mis clientes haciendo que sus asuntos estén claros y bien ordenados.

–Ya… –tenía la sospecha de que a Will le había hecho gracia eso de «asuntos claros y bien ordenados». Bueno, no a todo el mundo le gustaba vivir en el caos.

–Siento molestar –dijo una mujer–, ¿podría ayudarme cuando haya terminado de atender?

Amanda de pronto se dio cuenta de que le estaba preguntado a ella, no a Will.

–Me temo que no sé mucho de plantas, pero puedo encontrarle ayuda –miró a Will.

–Soy Will Daynes –dijo él con una sonrisa y estrechándole la mano–. Amanda es especialista en temas administrativos y está trabajando conmigo en un proyecto, pero yo puedo ayudarla con las plantas si quiere.

–Acabo de mudarme… es mi primera casa y mi primer jardín, y no sé ni por dónde empezar. Lo único que sé es que no quiero ese horrible y vacío cuadrado de cemento.

Will esbozó una amplia sonrisa.

–La verdad es que ese es el mejor punto de partida, porque si no hay nada, eso significa que puede tener exactamente lo que quiera. Cuénteme un poco más.

Amanda observó asombrada cómo Will hablaba relajadamente con la mujer; no tomó ni una sola nota, pero estaba claro que se estaba quedando con todos los detalles, porque al momento se sacó una libreta del bolsillo del pantalón e hizo un rápido dibujo. Fue entonces cuando ella se dio cuenta de que esa conversación había tenido una estructura concreta: primero había localizado el área a trabajar, cuánto se quería gastar la mujer, qué quería en esa área y cuáles eran sus colores favoritos. Y ahora estaba dibujando un bosquejo a la vez que hablaba con ella.

Lo siguió mientras llevó a la mujer al interior de los invernaderos para mostrarle los tipos de plantas de los que le había hablado y cuáles necesitaba para empezar. Al final le anotó unas detalladas y claras instrucciones para que supiera cómo cuidarlas.

—Muchísimas gracias —dijo la mujer con una amplia sonrisa cuando Will le consiguió un carrito, se lo cargó de plantas y le entregó el diseño—. Mi vecina me dijo que Daynes era un buen sitio, que te dedican tiempo, que no te venden cosas que luego no sabrás cuidar.

—Siempre hemos creído en eso —respondió él sonriendo.

Amanda fue a mirar la hora, y entonces recordó que tenía el reloj en el bolso y que lo último que quería era que Will la pillara mirándolo. Pero, ¿cuánto tiempo había pasado atendiendo a la mujer? ¿Era rentable emplear tanto? Y como si hubiera adivinado en qué pensaba, Will dijo:

—El tiempo es relativo. Tenemos una clienta satisfecha que se lo contará a sus amigas, y el boca a boca es la publicidad más efectiva.

–Mmm.

–Podría calcular el coste de mi tiempo, pero no se le puede poner precio a la felicidad que una mujer va a recibir de su jardín. Y eso es importante. Por eso ha venido aquí.

Amanda asintió lentamente.

–Bueno, creo que por hoy hemos terminado aquí. Tenemos que ir de compras.

–¿Compras? ¿Para qué?

–Suministros básicos.

Estaba claro que no le diría nada más, así que no tuvo más elección que seguirlo. Fueron al despacho, él esperó a que se quitara las botas y se pusiera su ropa, y la llevó a un centro comercial de Cambridge.

–¿Por qué hemos venido aquí?

–Porque tu ropa es completamente inadecuada para trabajar en jardinería.

–Pero…

–Nada de discusiones. ¿Qué talla tienes?

Amanda le respondió a regañadientes y, rápidamente, Will le eligió tres pares de vaqueros, cuatro camisetas y el sombrero más espantoso que había visto en su vida.

–¿Por qué un sombrero?

–Porque tienes la piel clara y te quemarás si hace sol. Sé que ni es sexy ni está de moda, pero es efectivo. Y eso es más importante.

Antes de que pudiera darse cuenta, Will había pagado la ropa.

–Te lo devolveré.

–De eso nada. Tú normalmente no te comprarías esto, ¿a que no?

Aunque fuera así, a ella nadie le compraba ropa… ni se la elegía. Estaba enfadada por una parte, pero encantada por otra. Will Daynes la estaba cuidando. Mimándola. Haciéndola sentirse… especial, y no podía recordar que nadie la hubiera hecho sentir así antes.

–Si te hace sentir mejor, lo consideraré como gastos de empresa.

–La ropa no cuenta como… –comenzó a decir, hasta que Will le puso un dedo en los labios.

–No importa. No es que sea pobre, puedo permitírmelo, Amanda. Hazme caso.

Tenía un cosquilleo en los labios, ahí donde la había tocado. Un cosquilleo que se le extendió por la piel hasta que todo su cuerpo fue muy, muy, consciente de él. Era como si todas las terminaciones nerviosas estuvieran susurrando su nombre, queriendo que la acariciara y aumentara su deseo hasta que el clímax estallara. Durante un instante de locura estuvo a punto de meterse en la boca ese dedo con que la había hecho callar. A punto.

Logró no perder el sentido común, pero no podía hablar. No se atrevía a hablar por si decía algo que fuera completamente inapropiado. Por eso lo único que pudo hacer fue asentir y aceptarlo.

Capítulo Cuatro

Era raro llevar vaqueros. No lo hacía desde su época de estudiante, e incluso entonces había preferido los pantalones elegantes.

−¿Lista? −preguntó Will.

−Ajá −terminó de ajustar la cámara para tener una buena toma de la mesa de la cocina: habían decidido que plantar semillas sería buen material para que Dee lo editara. Miró la mesa−. No creía que fueras a cubrirla de tierra. ¿No es antihigiénico?

−Primero, esto no es barro, es abono orgánico. Segundo, he puesto un plástico encima de la mesa. Tercero, la fregaré antes de cenar. Y cuarto, si de verdad quieres hacerlo en el suelo en lugar de…

¿Qué tenía Will que hacía que se le pasaran por la cabeza todas esas imágenes de ella tendida en el suelo y él encima, besándola? «Hacerlo» no significaba «tener sexo». ¡Estaban trabajando! A ver si se centraba un poco.

−… entonces acabarás con dolor de espalda crónico y no me compadeceré de ti.

−Tú sabes de esto más que yo −le dijo aún afectada por esas imágenes.

−Bueno, en primer lugar hay que preparar el

abono para plantar. Te diría que es como hacer repostería, cuando haces una mezcla para la masa, pero dudo que sepas de eso.

–Tampoco la como. Demasiadas grasas saturadas –contestó con brusquedad.

–Bueno, lo que vamos a hacer es meterle aire al abono para que las raíces puedan crecer.

–¿No deberíamos ponernos guantes?

–No, disminuyen la sensibilidad.

¿Estaría lanzándole a propósito dobles sentidos? Intentó centrarse en la tarea que tenían entre manos.

–No pueden quedar grumos. Queremos que quede muy fina y suave.

Will suspiró y se colocó detrás de la silla. Estaba tan cerca que podía sentir el calor de su cuerpo.

–Estás presionando demasiado el abono y le estás sacando el aire. Prueba así –le agarró las manos, recogió un poco de abono y con delicadeza le deslizó las manos la una contra la otra, suavemente–. Recuerda que no tienes que apelmazarlo, tienes que intentar quitar los grumos –añadió volviendo a su montón de abono.

Ojalá no fuera en camiseta, pensó Amanda, porque en ese momento habría necesitado una sudadera gruesa o una armadura, algo que ocultara las señales de excitación de su cuerpo antes de que él pudiera percatarse. ¡Qué locura! No tenía ningún interés por Will Daynes, así que, ¿por qué reaccionaba de ese modo? ¿Por qué sentía un cosquilleo ahí donde él la había tocado?

Trabajaron en silencio durante un rato, hasta que Will se acercó de nuevo.

–Está genial, bien hecho. Ahora hay que rellenar los maceteros. No hay que aplastar el abono dentro, solo déjalo caer y después pasa la mano suavemente por encima.

¿Pero por qué no dejaba de pensar en cosas eróticas? Le molestaba mucho reaccionar así, porque ella no solía fantasear con nadie. Nunca tenía tiempo. Siempre había trabajo que hacer o algo en lo que centrarse con el fin de mejorar su capacidad mental. Pero eso era más como jugar que trabajar, y la hacía sentirse incómoda. Y esa sensación de inquietud aumentó cuando él le mostró cómo plantar las semillas. No debería estar teniendo esos pensamientos. Ver cómo hundía el dedo en el abono e imaginar cómo sería si se estuviera hundiendo en el interior de su cuerpo… Ella no era ninguna maniaca del sexo, jamás lo había sido. Era sensata, estaba centrada y… Se le secó la boca cuando él la miró a los ojos. Will sabía en qué estaba pensando. Estaba segura de ello. Y, peor aún, tenía la sensación de que él estaba imaginando la misma escena. Las palmas de sus manos sobre sus muslos, separándolos. Sus dedos jugando con su sexo, provocándola y excitándola hasta hacerla humedecerse y enloquecer de deseo por sentirlo dentro de ella. Su boca…

No supo cómo, pero logró plantar la semilla y regarla. Y entonces Will lo empeoró todo.

–Hay que etiquetarla para saber qué es… pon el nombre de la planta, la fecha y tus iniciales –le pasó un lápiz y un trozo de plástico que le recordó al palito de una piruleta con el extremo en punta–. Si lo deslizas entre tus dedos verás que un lado es más rugoso que el otro. Esa es la zona donde es más fácil escribir.

Lo único que tenía que hacer era deslizar el plástico entre sus dedos, era un acto inocente. Y aun así le resultaba algo… sexual, como si estuviera insinuándole a Will que sus dedos podían acariciarlo del mismo modo. Tenía que parar todo eso y centrarse.

–¿Cómo se llama la planta?

–*Helianthus*. Girasol.

¡Menos mal! Si hubiera sido una de esas flores que pintaba Georgia O´Keeffe, con sus sexys pétalos desplegados esperando la caricia de un hombre… Se estremeció. ¡No, no, no! No podía desear a Will Daynes. Ese hombre la volvería loca de frustración, aunque solo pensar en cómo podría aplacar esa frustración…

Terminaron de plantar los girasoles y después, tal como había prometido, él sacó el plástico fuera, lo sacudió en el jardín trasero y fregó la mesa. Qué raro lo del jardín trasero. Ni parecía el jardín de un experto jardinero, ni se parecía en nada a los diseños que había hecho Will para el centro de jardinería. Tal vez no podía cuidar de su propio jardín porque estaba demasiado ocupado arreglando los de los demás.

–¿Puedo ayudarte con la cena?

–No, tranquila, aunque sí que podrías servirnos

una copa de vino, si te apetece. Hay una botella en la nevera.

Mientras él cocinaba, ella encontró el sacacorchos y las copas.

—Gracias —le dijo Will cuando le dio la copa.

—Bueno, ¿y cómo te hiciste jardinero?

—¿Y tú cómo te hiciste contable?

—Se me daban bien las matemáticas y la economía, así que me parecía que tenía sentido estudiar finanzas —además, eso significaría que no tendría que volver a vivir en una diminuta aldea en la que todo el mundo sabía de la vida de los demás y donde era difícil encajar.

—Entonces, ¿fue una decisión que tomaste con la cabeza, no con el corazón?

—El corazón no entra aquí —mintió. El corazón le había dicho que se marchara del campo todo lo rápido que pudiera y, además, había estado segura de que esa profesión era lo suyo. ¿O no? Sí, claro que sí. Los números representaban el sentido común, no emociones complicadas.

—¿Y si no tuvieras restricciones de ningún tipo, a qué te dedicarías?

—A lo mismo que hago. ¿Y tú?

—También a lo que hago. Odiaría verme encerrado en una oficina, con reuniones interminables con gente que se cree importante y teniendo que dar cuentas de cada segundo de mi tiempo.

—¿Y no tienes que hacer eso en el centro de jardinería? Me refiero a tener reuniones y citas.

—Pero no durante todo el día ni todos los días.

No sé cómo lo soportas, estar encerrada y sin poder respirar aire fresco nunca, ni oír los pájaros cantar o sentir la luz del sol sobre tu piel.

–Si tengo que elegir entre trabajar en un sitio cerrado, en un ambiente agradable y tranquilo donde la temperatura está como me gusta y donde tengo café a mano, y tener que hacer un trabajo físico cuando hace calor, o estar calada hasta los huesos porque está lloviendo a cántaros, tengo muy claro con qué me quedo.

–Mmm –él echó algo en la sartén, lo removió un poco y sirvió dos platos.

Amanda lo probó. El sabor de la pimienta se mezcló con el agradable sabor del beicon, con el toque a nuez de la cebada y con lo salado del parmesano.

–Está muy bueno.

–Y prácticamente se cocina solo.

Cierto, pero si se creía que ella le cocinaría algo así cuando le tocara a él ser su sombra… Mejor saldrían a comer fuera.

–Bueno –dijo Will mientras recogían los platos–, supongo que ahora irás a un rincón tranquilo a contarle a la cámara todas las cosas negativas de mi estilo de vida.

–Te lo diré ahora, a la cara –agarró la cámara y la encendió–. ¿Quieres saber qué tiene de malo tu estilo de vida? Tu vida carece de orden y valoras la espontaneidad por encima de todo.

–¿Y qué tiene eso de malo? La flexibilidad es un punto a favor.

¡Esa maldita palabra otra vez!

–Y si por alguna razón no puedes ir a trabajar, si tienes que marcharte por alguna urgencia, o te acatarras y tienes que pasarte una semana en la cama… –tuvo que hacer un esfuerzo por reprimir la imagen de Will Daynes en la cama durante una semana, tan sexy… –, ¿qué hace tu equipo?

–Tienen suficiente experiencia como para trabajar sin mí. Saben lo que hacen.

–¿Pero cómo lo saben si no tienes nada proyectado? ¿Cómo saben a qué cliente tienen que ir a ver, en qué fase se encuentra el diseño, qué materiales has pedido ya o qué falta por hacer?

–Lo solucionarían –se recostó en su silla y estiró las manos–. Es una cuestión de confianza.

–¿Confianza?

–Tienes que confiar en la gente, Amanda. Delegar. Dejar que la gente tenga iniciativa.

Sí, claro. La última vez que había hecho eso se había armado un jaleo enorme y al final ella había cargado con las culpas. Por eso ahora prefería comprobarlo y supervisarlo todo.

–Pero tú no puedes permitirte eso, ¿verdad? Tú tienes que controlarlo todo, todo el tiempo. Por cierto, ¿por qué necesitabas lo del acuerdo de confidencialidad?

–Porque me ocupo de las finanzas de la gente, de datos personales. La mayor parte de mi trabajo es confidencial.

–Creía que todas las cuentas de las empresas tenían que registrarse y ser visibles para la inspección pública.

–Así es, pero las cuentas de beneficios y pérdidas son solo el producto final.

–No te sigo.

–A ver… Supón que vas a incorporar una nueva línea de plantas y que vas a ser el primero en la zona en hacerlo, tal vez incluso el primero del país… todo eso conlleva una planificación. Y como tu contable, yo lo sabría porque entraría en tu presupuesto y te habría preguntado a qué iba destinado ese dinero. Si le diera esos datos a tu competencia, para que pudieran hacer exactamente lo mismo, pero un mes antes, supondría un desperdicio para tus gastos de publicidad y tendría un efecto negativo en tu negocio, porque la gente que quisiera esas plantas acudiría a la competencia en lugar de a ti.

–Yo no daría nunca ningún detalle de los negocios de tus clientes.

Y ella lo creía porque parecía una persona leal, digna de confianza, pero…

–No puedo arriesgarme. ¿Y tú qué? ¿Por qué no me hiciste firmar un acuerdo de confidencialidad?

–No lo necesito. Como te he dicho, hay que confiar en la gente.

–Eres una persona demasiado despreocupada.

–¿Y qué alternativa hay? ¿Estresarme por las cosas hasta enfermar?

–Yo no me estreso por las cosas.

–¿Ah no? ¡Pero si planificas hasta el último detalle!

–Eso no tiene nada de malo.

–¿Y qué pasa si cambia algo? ¿Cómo te enfrentas a ese cambio?

–Me enfrento bien a los cambios.

–¿Y qué haces para relajarte?

–Voy al gimnasio.

–Y seguro que haces tablas de ejercicios en solitario. No te veo en una clase y dejando que alguien controle lo que haces.

–No soy una maniática del control.

–¿Ah no? Pero si me has dado una planificación de lo que vamos a hacer durante tu semana, y seguro que te ha puesto nerviosa que yo no haya hecho lo mismo para ti.

–Creo que es poco profesional, la verdad, sí.

–Tienes que aprender a relajarte, Amanda –dijo él riéndose.

–Y tú tienes que ser más organizado.

–Van a ser dos semanas interesantes y voy a enseñarte algo que puede que hayas olvidado –apagó la cámara–. Diversión. Y placer.

Amanda no estaba segura de si eso era una promesa… o una amenaza.

–¿Y qué sueles hacer los sábados por la noche? –le preguntó Will cuando habían terminado de fregar los platos.

–Depende.

–¿Del trabajo? ¿Me equivoco o no?

–No me agobies con eso, bastante me agobia

48

Dee. Mira, sé adónde quiero que llegue mi carrera y aún me encuentro en un nivel en el que eso implica echar más horas para demostrar lo que valgo y reunir la experiencia que necesito. ¿Tan malo es comprometerme con mi trabajo?

–No, pero existe una cosa llamada «equilibrio». Y esta semana tienes que seguir mi agenda, así que, esta noche vamos a relajarnos.

–Por favor, no me digas que eso incluye ir a discotecas.

–¿En mitad de los Fens? Lo dudo.

–No estás tan lejos de Cambridge.

Cierto. Le asaltó la culpabilidad porque Amanda no había estado muy descaminada. Él vivía en la ciudad y a una corta distancia a pie del centro. No se le daba bien mentir, pero ¿cómo podía decirle la verdad sin estropearles las cosas a Dee y a Martin?

–No me van mucho las discotecas –prefería el teatro y la música en vivo–, pero podríamos ver una película, si te apetece.

–¿En el cine?

–Más bien estaba pensando en ver algún DVD aquí. Sunny ha estado sola demasiado rato.

–Me parece bien. Iba a preguntártelo antes… ¿A tu novia le parece bien lo del intercambio y eso de que me aloje aquí?

–Si me estás preguntando si tengo novia, estoy soltero –dijo sonriendo y enarcando una ceja–. Y diría que tú no tienes tiempo para novios.

–Eso es hacer suposiciones –respondió ella alzando la barbilla.

–Pero tengo razón –de eso no tenía duda.

–No seas tan petulante.

–¿Petulante? *Moi?*

–Y no es que sea asunto tuyo, pero no necesito tener novio.

–Porque lo primero es tu carrera.

–Mira, no hay ninguna ley que diga que sea un alien si no salgo con nadie.

–No tienes que defenderte ante mí, lo entiendo –se parecía mucho a su madre, aunque él tenía la sensación de que no cometería el error de formar una familia para luego prestarle más atención a su trabajo que a sus hijos. Amanda, directamente, no tendría hijos.

–¿Por eso estás soltero?

–Más o menos. Aún no estoy listo para sentar cabeza.

Había salido con algunas mujeres, pero siempre de un modo relajado y dejándoles claro que la relación era solo por diversión, y no para siempre. Sin embargo, a su última novia le había sentado muy mal darse cuenta de que no podía cambiarlo, y la ruptura había sido tan desagradable que llevaba seis meses sin salir con nadie. Pero no era algo que quisiera hablar con Amanda, y por eso cambió de tema.

–Bueno, ¿quieres elegir película?

–¿De dónde? –le preguntó mirando la única librería que había.

Will siguió su mirada; en los estantes solo había algunos libros que ni siquiera le gustaban; otro error, tenía que haber llevado alguna película. Se lo tenía bien merecido por estar mintiéndole.

—El videoclub tiene un surtido bastante aceptable —al menos antes, en los años en los que había vivido allí. Esperaba que en la casa hubiera un reproductor de DVD, porque, si no, iba a tener que buscarse una excusa creíble. Tal vez podía decir que estaba roto y que tendrían que ver la peli en su ordenador.

—Solo me he tomado una copa de vino y una buena cena para bajarlo, así que puedo conducir hasta la aldea.

Mientras Amanda subía a refrescarse un poco, él dio una vuelta a la casa y, para su alivio, encontró un DVD y un carné de socio del videoclub. Bueno, era lo que se habría esperado de sus tíos: siempre asegurándose de que sus huéspedes tenían todo lo que quisieran. Como la enorme carpeta llena de información turística y el libro de visitas, los cuales había guardado temporalmente en su habitación para evitar preguntas incómodas de Amanda.

Se guardó el carné en la cartera y, para cuando Amanda bajó, Sunny y él ya estaban esperándola dentro del coche.

—Elige la que te apetezca —le dijo al entrar en el videoclub.

—Me da igual.

—¿Entonces puedo alquilar una muy sangrienta?

Por un instante Amanda se mostró espantada antes de recuperar su gesto de dama de hielo.

–Por supuesto. Es tu casa.

Su casa durante una semana y prestada. La culpabilidad volvió a invadirlo.

–Estaba de broma. ¿Qué clase de pelis te gustan?

–Las de chicas, las ñoñas.

Estuvo a punto de creérselo, pero se rio al momento, complacido de verla tan relajada como para bromear. Tal vez esas semanas iban salir bien después de todo.

–*Touché*. Me lo tengo merecido –la rodeó por los hombros y le dio un achuchón con delicadeza. Se quedó impactado al darse cuenta de que no la quería soltar.

Sabía que estaría loco si cedía a sus deseos, que a ninguno le vendrían bien esas complicaciones. Su cabeza sabía que Amanda era la mujer menos indicada para él, pero su corazón no le escuchaba. Ahora que la había tocado, quería volver a hacerlo. Y más cerca esta vez. Lo suficiente como para sentir su corazón contra el de ella. Lo suficiente como para descubrir por sí mismo si su pelo sería tan sedoso como parecía. Lo suficiente como para rozar sus labios con los suyos y provocarla hasta que ella abriera la boca y le permitiera besarla, un beso ardiente y húmedo… ¡Tenía que controlarse! Le vendría bien una ducha helada.

–Bueno, ¿qué pelis te gusta ver? ¿Comedia? ¿Drama? ¿De acción?

Al final se decidieron por un drama aclamado por la crítica que acababa de estrenarse y Will compró una bolsa grande de palomitas.

Si alguien le hubiera dicho que estaría viendo una peli y comiendo palomitas con un hombre al que apenas conocía, en su sillón y con su perro tumbado a sus pies, habría pensado que ese alguien estaba loco. Ella nunca se sentaba a ver una película porque siempre tenía algo que hacer, algo nuevo que aprender que evitaría que terminara como había terminado su madre, atrapada en un mundo que odiaba. ¿Por qué malgastar un par de horas sentada frente a la pequeña pantalla?

–Sírvete –le dijo él ofreciéndole el cuenco–. Soy capaz de comerme esto yo solo… y tú eres demasiado educada como para frenarme.

Se tomó dos palomitas y se dio cuenta de que Will estaba mirándola.

–¿Qué?

–¿Alguna vez te dejas llevar?

–No, y no tiene nada de malo ser una persona estable –se negaba a usar la palabra «rígida».

Will no dijo nada, lo cual sonó como una crítica oculta. La ignoró y se acomodó para ver la película. Cada vez que metía los dedos en el cuenco de palomitas, sus dedos parecían rozarse. Por otro lado, no podía evitar mirarlo de soslayo, y se sonrojó al darse cuenta de que él estaba haciendo exactamente lo mismo.

¿Estaría Will pensando lo mismo? Un movimiento minúsculo sería todo lo que haría falta; lo único que tenía que hacer era separar los labios, echar la cabeza atrás ligeramente y él la besaría. Podía verlo en sus ojos. Y sabía que sería un beso increíble…

Y con el que le estropearía todo a Dee. Tenía que recordar por qué estaba allí. No porque Will la hubiera invitado como su amante, sino porque estaban ayudando a Dee con su proyecto, así que se pondría a contar hacia atrás desde cien hasta que se le calmara el pulso y, en el futuro, mantendría las distancias.

Cuando la película terminó, y aunque no estaba cansada, Amanda bostezó.

–Lo siento, Will. Estoy rota. Debe de ser por tanto aire fresco.

–Suele hacer que la gente coma y duerma mucho –dijo él con una sonrisa–. Hasta mañana. Que duermas bien.

«¿Y qué planes tienes para mañana?», estuvo a punto de preguntarle.

–Hasta mañana –repitió, y se marchó deliberadamente despacio para demostrarle que no corría huyendo de él.

Ya en su habitación, agarró la cámara y se sentó junto a la ventana. Apuntó a su cara y empezó a hablar, en voz baja pero con decisión.

–No sé por dónde pillarlo. Will Daynes siente una gran pasión por lo que hace y es un absoluto sibarita con la comida, pero aun así, va por ahí en un coche destartalado y parece como si nunca tuviera nada planificado. No sé qué podría enseñarme un hombre que tiene esa mezcla tan extraña, no sé cómo me podría hacer mejorar, y ni siquiera sé por dónde empezar yo a enseñarle, porque lo que hace está a años luz de lo que yo sé. Yo sé de planificaciones y orden. Él sabe de espontaneidad y de desorden. Creo que para que un intercambio funcione de verdad dos personas deben de tener más de algún punto en común en sus vidas. Will y yo somos demasiado opuestos.

Apagó la cámara. Lo que no dijo en voz alta, ni tampoco quiso admitir para sí, fue que Will Daynes era, además de todo eso, el hombre más intrigante y atractivo que había visto en toda su vida.

Capítulo Cinco

Parpadeó y vio la luz del sol colarse por las finas cortinas de algodón. Miró la mesilla y contuvo un grito: ¡eran casi las diez! Ella nunca dormía hasta tan tarde. Jamás.

Will debía de estar levantado ya, porque olía a café. Café de verdad, justo lo que necesitaba para ponerse en marcha y recuperar su habitual eficiencia. Se duchó, se lavó el pelo, se vistió y en quince minutos ya estaba abajo. Will estaba sentado junto a la mesa de la cocina, bebiendo café y leyendo el periódico. Sunny estaba a su lado con la cabeza apoyada en su rodilla mientras su amo le acariciaba la cabeza con gesto ausente. La perrita sacudió el rabo al verla.

–Buenos días.

¡Ay, Dios mío! Esa sonrisa era increíble. ¿Cómo sería despertar viéndola a diario? La idea hizo que la recorriera un cosquilleo.

–Buenos días –dijo intentando sonar fría para no reflejar que se había quedado sin aliento.

La mesa estaba puesta para dos y el ambiente resultaba extrañamente hogareño. Él le llenó la taza de café y le echó un chorro de leche, justo como a ella le gustaba. Le impresionó que lo hubiera recordado.

–¿Te apetece un cruasán? He comprado esta mañana en la pastelería.

–Gracias. Siento haber dormido hasta tan tarde. Debí olvidar poner el despertador.

–Escucha a tu cuerpo. Te está diciendo algo.

–¿No estarás metido en el rollo místico?

–No –respondió Will riéndose–, pero ya te advertí que el aire de aquí hace que la gente duerma más de lo habitual. Relájate. Es domingo por la mañana y no tenemos prisa.

–¿El domingo es tu día libre?

–Sí y no.

Él abrió la nevera y sacó zumo, mantequilla y mermelada casera.

–No me lo digas… ¿del mercadillo agrícola?

–No me hagas hablar de la importancia de comprar productos locales de temporada. Fliss me dice que puedo llegar a ser muy, muy, aburrido –le sonrió–. Digamos que esta será la mejor mermelada de fresas que has probado nunca.

–Deliciosa –tuvo que admitir Amanda.

Cuando habían acabado, él dijo:

–Pregunta: ¿cuántos sentidos hay?

–Cinco, obviamente.

–¿Y cuáles son?

–La vista, el oído, el tacto, el olfato y el gusto.

–¿Y cuántos de esos sentidos utilizas en tu trabajo? –Will agarró una cámara muy parecida a la que Dee le había prestado y la encendió.

–La vista, claramente… porque tengo que mirar las cifras. El oído, si estoy escuchando a un cliente. El tacto, porque toco las teclas del ordenador o paso las páginas de un archivo.

–Eh, no, hay una diferencia… estás pulsando las teclas, no las estás tocando.

–Eso no tiene lógica. Claro que las toco.

–Pero lo haces de manera automática, no estás percibiendo la sensación del teclado. ¿O acaso las teclas de tu teclado son suaves o ligeramente ásperas?

–No tengo ni idea.

–A eso mismo me refiero.

–Eso es algo trivial, Will. No tiene importancia si son suaves o ásperas.

–Sí que la tiene. No te fijas en las texturas.

El modo en que había pronunciado esa palabra hizo que deseara poder tocarlo, explorar la textura de su piel y descubrir si resultaba tan maravillosa como parecía.

–Y tampoco empleas ni el olfato ni el gusto.

El olfato. Lo había tenido lo suficientemente cerca como para poder oler su aroma a limpio y tan personal. Y en cuanto al sabor… ¿Cómo sabría Will Daynes? Con dificultad, apartó la mirada de su boca y se centró. Trabajo.

–No, a menos que esté haciendo inspección o inventario y haya algún tipo de aroma en concreto. El sabor no.

–Pero tu oficina tiene un aroma. Ya sea a polvo… bueno, no, el polvo no se atrevería a posarse en tu presencia, o el aroma del papel, de la tinta, o de las plantas que tengas.

–No necesito ni oler ni saborear nada.

–Eso ya lo veremos luego –dijo él apagando la cámara.

–Creía que esta semana era yo la que tenía que grabar.

–Tú das tus impresiones de mi trabajo y yo mis impresiones de cómo te apañas con él.

Una parte de Amanda quería saber qué habría grabado de ella, qué habría dicho; la otra parte pensaba que sería más seguro no saberlo.

–Bueno, hora de ir a trabajar.

–¿Vamos a ir al centro de jardinería?

–No. No estoy allí todo el tiempo. Hoy voy a trabajar desde casa –se acercó a una encimera y giró una tabla que tenía contra la pared y que estaba llena de fotos–. ¿Qué te dice esto?

–Es una colección de fotos de jardines.

–Les pido a mis clientes que reúnan imágenes de jardines que les gusten.

–¿Entonces haces que sus jardines se parezcan a lo que han visto en una revista?

–No… Capturo el ambiente, y estos son la clase de jardines que tienen el aspecto y el ambiente que el cliente quiere que cree para él.

–¿Y si las fotos son de jardines enormes pero ellos solo tienen espacios diminutos?

–Entonces colocamos plantas para hacer que un espacio pequeño parezca grande –rebuscó en un armario y sacó una bandeja–. Imagina que este es

nuestro pequeño jardín –agarró objetos de las enci-
meras y los colocó al azar sobre la bandeja–. ¿Qué te
parece?

–Un follón –dijo ella sin pensarlo.

–Eres un obsesa del orden –se rio–. Además de
desordenado, ¿qué te parece el espacio?

–Abarrotado y pequeño.

–Exacto –quitó la mayoría de los objetos y los demás los colocó con esmero.

Mientras, ella miraba sus manos y se preguntaba
cómo sería sentirlas sobre su piel.

–¿Y ahora?

–Menos es más, ya entiendo.

–Y para zonas más extensas hay jardines dentro
de jardines.

–¿Y eso cómo es?

–Si quieren que el jardín tenga muchas cosas distintas, se puede dividir el espacio. Tener una zona
donde jueguen los niños, otra para recibir invitados, un jardín propiamente dicho y un lugar para
relajarse con un buen libro y una copa –le sonrió–.
Hoy vamos a diseñar un jardín. Tienes que ser mi
sombra, tienes que hacer lo que haga yo. Aquí tienes mi informe. Si no entiendes mi letra, grita y te
lo traduciré. Y cuando lo hayas leído, puedes decirme qué te parece.

–No sé nada de jardines.

–¿Pero sabes analizar datos, no? Requiere la misma habilidad, pero con datos distintos. ¿Te importa
si pongo un poco de música? Suelo trabajar con
música.

–Claro –ella prefería trabajar en silencio, pero podría soportarlo a menos que fuera una música muy fuerte.

–Gracias –al momento comenzó a flotar por la cocina una suave música de piano.

–¿Qué es? ¿Fulham? –añadió al mirar la pantalla del reproductor.

–Ahí es donde está el jardín.

–¿Tu lista de música se llama «Fulham»? –le preguntó incrédula.

–Mis listas están organizadas por jardines. ¿Recuerdas lo que te dije sobre utilizar los sentidos? El sonido ayuda a entrar en ambiente. Cierra los ojos y escucha. ¿En qué te hace pensar esto?

Era una música de guitarra española que le hizo pensar en tardes de verano bajo el sol mediterráneo, en un campo de naranjos, con Will a su lado, y su boca a punto de…

–¿Un jardín español?

–Casi. Una terraza mediterránea. ¿Y esto?

–California. Palmeras y surf –dijo sonriendo al oír a los Beach Boys.

–¿Y qué están haciendo?

–No lo sé. ¿Conduciendo por la costa? ¿Buscando olas o lo que sea que hacen los surfistas?

Él se rio y pasó a la siguiente lista.

–Esta es para el mismo jardín.

–¿Están celebrando una fiesta?

–Más o menos. Era una casa con hijos de entre nueve y dieciséis años y sus amigos iban mucho por allí, así que había peleas de agua, juegos de pelota… Necesitábamos plantas robustas que pudieran soportar todo eso, pero que no hicieran que los niños acabaran arañados y con la piel llena de espinas. ¿Y qué me dices de esta?

Música jazz con una voz femenina y sensual. Contuvo la idea de despertar en la cama de Will un domingo por la mañana y hacer el amor con esa música.

—Un lugar para relajarse y nada que requiera muchos cuidados.

—Bien. Estás pillándole el tranquillo. Esto era para un jardín en una azotea, un lugar donde recibir a tus amigos los sábados por la noche y dormir la resaca el domingo.

—Vuelve a la primera —la escuchó un momento—. Me recuerda a gotas de lluvia.

—Es el preludio de la *Gota de lluvia* de Chopin. ¿Y qué significa?

—¿Tu cliente quiere una fuente?

—Casi. El jardín da al río. Lee el informe y me cuentas en veinte minutos.

—¿Me estás dando un límite de tiempo?

—Solo porque es como te gusta trabajar.

Ella leyó el informe mirándolo a él de vez en cuando. Will estaba muy concentrado en lo que estaba viendo en su portátil; tenía los labios ligeramente separados y podía ver su lengua entre sus blancos y perfectos dientes. Con esa camiseta negra, ese pelo algo largo y sin afeitar, tenía un aspecto de lo más sexy.

Qué fácil sería alargar la mano sobre la mesa y

acariciarle la mejilla, deslizarle el dedo pulgar por el labio inferior, agarrarle la barbilla y acercar su boca… Se quedó impactada al darse cuenta de que había empezado a mover la mano hacia él y la apartó bruscamente. ¿Pero qué le pasaba? Ella nunca se distraía en el trabajo. Varios de sus clientes eran guapos, y nunca se le había pasado por la cabeza besar a ninguno.

–Lo siento, no te he oído –dijo al darse cuenta de que Will le estaba hablando.

–O es el informe más aburrido que has visto en tu vida o estabas en las nubes –dijo riéndose.

–Es solo que me ha sorprendido que tus preguntas parecen tener un orden muy lógico.

–Si no pregunto, no averiguo lo que necesitan mis clientes, y eso significa que no puedo darles lo que quieren, con lo que estaría fracasando en mi trabajo. Esto es con lo que trabajamos –había dibujado un mapa con el aspecto del jardín y sus alrededores, y tenía anotaciones sobre la composición del suelo. A Amanda le sorprendió ver tanta atención al detalle, ver un trabajo tan meticuloso, tan perfeccionista, más parecido a lo que hacía ella en su trabajo. Tal vez tenían más en común de lo que creía.

Will fue dibujando mientras hablaba con ella, le consultaba ideas, le señalaba las cosas que iba a adaptar para el jardín, y el resultado final fue un bosquejo increíblemente detallado.

–Aquí lo tienes. Tu primer jardín –le dijo con una sonrisa.

–Lo has hecho tú.

–Ha sido trabajo en equipo.

–Yo no he aportado mucho.

–Has hecho más de lo que crees. Me has dado algunas ideas excelentes, pero si de verdad quieres hacer algo por mí…

«Tranquila, chica», se advirtió Amanda.

–Puedes prepararnos algo para almorzar.

–Yo no cocino.

–La ensalada no hay que cocinarla, a menos que sea una ensalada templada.

–La ensalada fría puedo hacerla.

–De acuerdo –sus ojos estaban casi dorados con ese pícaro brillo–. Los ingredientes están en la nevera. Te dejo con ello mientras paso algunos de estos datos al ordenador.

Estaba claro que le había lanzado un desafío, pero no tenía la más mínima intención de fracasar. Amanda no fracasaba ante nada, ya no. Lavó y troceó los ingredientes y los mezcló en un gran cuenco de cristal. Will era un sibarita y sabía que se esperaría algo de nivel. Quería complacerlo, quería que se le iluminaran los ojos de placer, que esa sensual boca le sonriera.

Rebuscó en la nevera y encontró un tarro de aceitunas y una cuña de parmesano. Echó unas cuantas aceitunas por encima y unos trozos de parmesano que no tenían nada de finura, pero que servirían. Colocó en un plato un paquete de lonchas de jamón para que pudieran servirse.

–Cuando quieras, el almuerzo está listo.

Y entonces comprobó que él había estado observándola y que sonreía, aunque no era la sonrisa que se había imaginado. ¿Se estaría riendo de ella?

–Tiene una pinta riquísima, y te lo agradezco, porque no es algo que sueles hacer, ¿verdad?

–No.

–La cocina es como la jardinería, experimentas, pruebas cosas y, si no funciona, no pasa nada, has aprendido algo de ello y sabes que la próxima vez tienes que intentar cosas diferentes.

–En mi trabajo no es así. Tienes que ser preciso, no hay margen de error, no a menos que quieras una buena multa por presentar información falsa.

–Eso es mucha presión.

–Estoy acostumbrada.

Él no respondió; se sirvió ensalada y empezó a comer.

–Muy rica. Gracias.

–¿Has preparado el informe?

–Sí. Iremos a ver al cliente mañana.

–¿No tienes que ir al centro de jardinería?

–No estoy allí a tiempo completo, y el equipo es perfectamente capaz de hacer todo lo necesario.

–Bueno, ¿qué tenemos planificado para esta tarde? –le preguntó tras terminar de fregar.

–Ven y lo descubrirás, pero tienes que cambiarte. Y no olvides el sombrero y calzado cómodo.

Cuando terminó, Sunny ya estaba dentro del coche y Will había conectado el MP3.

–¿Quieres elegir la música?

–¿Qué jardín sugieres?

–Ninguno –respondió él riéndose–. Vamos a poner la lista «Conduciendo en verano». Crecí con música de Pink Floyd y de Nick Drake. Si yo te parezco hippy, deberías conocerlo a él.

–¿A tu padre?

Por un momento el rostro de Will se tornó inexpresivo. ¿Significaba eso que su relación con sus padres era tan tensa como la de ella con los suyos?

–Mi tío.

Prefirió dejar pasar el tema y limitarse a escuchar la música mientras entraban en la ciudad.

–¿Vamos a trabajar en un jardín de Cambridge? –preguntó Amanda.

–No. Vamos a hacer búsqueda de ideas.

Aunque Amanda se enorgullecía de su buen sentido de la orientación, se habría perdido en ese laberinto de calles de no ser por Will, que se conocía cada rincón, cada atajo y cada establecimiento.

–Esto son los Backs. He pensado que podríamos ir por el río para ver mejor los jardines.

–¿Y Sunny? ¿Podría subir a la barca?

–Es una batea, no una barca. Además de que le encanta el agua, yo jamás dejaría a un perro dentro de un coche aparcado. A la gente que hace eso deberían encerrarla de por vida.

–¿Pasó algo? –preguntó al notar rabia en su voz.

–El dueño originario de Sal, la madre de Sunny, quiso denunciarme por haberle roto la ventanilla del coche.

Había rescatado a su primer perro de un coche.

–Los perros me ponen un poco nerviosa, pero yo jamás le haría daño a ninguno.

–Lo sé. Dejémoslo en que se hizo justicia y ya no podrá volver a tener otro animal. Venga, vamos a alquilar la batea.

–¿Sabes remar?

–Aquí no hay remos, hay pértigas –dijo con una sonrisa–. Lo he hecho unas cuantas veces.

Unos minutos más tarde ya estaban en la batea.

–Túmbate y relájate. ¿O te ponen tan nerviosa las embarcaciones como los perros?

–No soy ninguna cobarde –dijo alzando la barbilla.

–No he dicho que lo fueras. Oye, ¿por qué te dan miedo los perros?

–Cuando tenía tres años me mordió uno enorme y aún tengo la cicatriz.

–No me sorprende que te den miedo. A esa edad el perro sería más grande que tú. ¿Y tus padres no intentaron que acariciaras algún cachorrito o perro tranquilo para quitarte el miedo?

–A mis padres no les gustaba tener mascotas.

–Qué pena. Yo tuve suerte. Martin y Helen siempre han tenido perros y gatos.

Parecía muy unido a sus tíos, pero seguía sin mencionar a sus padres.

–Sunny es genial con los niños, aunque tiene la mala costumbre de robar zapatos.

–Recordaré tener los míos recogidos.

Miró a Will; se había descalzado y estaba utilizando la pértiga. Ahora le recordaba a un pirata.

–Vamos a pasar por el Puente Matemático del Queens´ College. Algunos guías turísticos te contarán que lo construyó Isaac Newton y que luego los alumnos desmontaron el puente y que, como no lo pudieron volver a montar, por eso tiene ese aspecto tan destartalado.

–¿Y es verdad?

–Newton murió unos veinte años antes de que se construyera, y él fue al Trinity, no al Clare. Está construido según un análisis matemático de las fuerzas. Cosas para listos. Esta zona me parece muy bonita, sobre todo en primavera, cuando han brotado los azafranes. Es como si una sábana de intenso color morado cubriera toda la orilla.

Por su expresión y cómo hablaba, estaba claro que adoraba ese lugar.

–Este es el Clare. Su jardín es fantástico y era el favorito de Milton.

A Will se le daba tan bien llevar la batea que ella se sentía segura ahí tumbada.

–¿Alguna vez has pensado en ser gondolero?

–Si quieres que cante *O Sole Mio*, es muy oportuno, porque este es el Puente de los Suspiros. Está construido con el mismo estilo. Por eso se llama así.

–Y tú prefieres el de Cambridge.

–Sí. Adoro esta ciudad. Aunque es imposible aparcar, me encanta que esté llena de espacios verdes. También me gusta mucho el Jardín Botánico. Puede que te lleve allí a finales de semana.

–¿No vamos a estar demasiado ocupados trabajando?

–Eso cuenta como trabajo. Es investigación, igual que esto.

–Pero si estamos holgazaneando por el río.

–Estamos haciendo multitareas.

–¿Como por ejemplo?

–Como has dicho, nos estamos relajando en el río un sábado por la tarde, pero también es una actividad educacional, así que mientras estás aquí tumbada como una princesa… «Sentada en una barcaza como un trono bruñido» –comenzó a recitar.

Esa mirada ardiente hizo que le subiera la temperatura. ¿Cómo sería tenerlo tumbado encima, recorriéndola con su sensual boca hasta hacerle olvidar dónde estaba y quién era?

–Bueno, volvamos al trabajo. Te he traído para que puedas pensar un poco en el jardín que hemos diseñado esta mañana. ¿Cambiarías algo ahora que has visto todo esto?

Escuchó fascinada mientras él le señalaba los edificios de interés y características de los jardines que más le gustaban, además de hablarle de las estrechas y pequeñas calles y de los mercadillos y librerías antiguas y museos.

–Si alguna vez te cansas de la jardinería, podrías ser guía turístico.

–Yo jamás me cansaré de la jardinería –le dijo cuando llegaron al muelle del Magdalene.

La ayudó a bajar de la batea dejándole un cosquilleo ahí donde la había tocado. Si le provocaba ese efecto con un roce, ¿cómo sería si la tocaba de un modo íntimo? ¿Si le quitaba la camisa y le acariciaba cada centímetro de piel según la iba dejando expuesta? ¿Si le desabrochaba el sujetador y dejaba que sus pechos se posaran en sus manos? ¿Si colaba las manos bajo el dobladillo de su falda y le acariciaba los muslos y…?

—Creo que a Sunny le vendrá bien un paseo. Vamos a Grantchester a tomar un té.

—¿Dónde está Grantchester?

—Es una aldea en las cuencas altas del río. ¿Conoces el poema de Rupert Brooke?

Ella negó con la cabeza y, cuando Will recitó unos versos con esa voz tan preciosa, agradeció estar apoyada en el puente, porque le fallaron las piernas.

—¿Está lejos?

—No, a unos tres kilómetros.

Había olvidado que Will estaba acostumbrado a caminar mucho; ella, en cambio, no.

—Pero quiero enseñarte algo y para eso tenemos que quedarnos sentados y quietos —se tumbó en la orilla con los brazos bajo la cabeza y Sunny se acurrucó a su lado.

Por un instante a Amanda se le pasó por la cabeza tumbarse a su lado, apoyar la cabeza en su hombro y rodearlo por la cintura para acurrucarse contra él, pero se quedó sentada en la orilla a su lado.

—Túmbate para que puedas ver el cielo. Mira entre los árboles.

La luz del sol atravesaba las hojas, era una pequeña porción de paraíso; un lugar donde las personas que se aman, sin duda, se habrían parado para besarse. Deseaba que Will la besara, lo deseaba con todas sus fuerzas.

–¿Qué oyes? –le preguntó él.

–Los pájaros están cantando.

–Es un zorzal, y también está el gran herrerillo, que suena como una carretilla.

–¡Sí, es verdad!

–Y ese otro pequeño sonido es de un verderón.

–¿Y cómo sabes todo eso?

–Escuchas el sonido y luego miras a tu alrededor para ver qué pájaro lo ha emitido.

–Yo no sabría ni por dónde empezar.

–Tú solo escucha.

Y de un modo increíble, ahora era como si pudiera oír canciones distintas. Dejó de grabar.

–¿Sabes? Tienes talento para la televisión.

–No es lo mío. Me gusta mi vida tal cual es.

–Podrías enseñar mucho a la gente.

–A veces voy al colegio de Fliss y hago un taller de jardinería con los niños.

No le costaba imaginarlo enseñando esas cosas a los niños, pero lo más impactante fue que podía imaginárselo perfectamente con sus propios hijos, y esa imagen le robó el aliento. ¿Pero qué le pasaba? Entre ellos no sucedería nada y, además, ella no quería tener hijos. No cometería el mismo error que había cometido su madre.

–Bueno, vamos, quiero una taza de té y un poco de tarta –dijo él levantándose. Le extendió la mano para levantarla y, de nuevo, a Amanda la recorrió un cosquilleo. Sin embargo, él no parecía afectado.

Cuando llegaron a la aldea, Will pidió té para los dos. Les sirvieron también unos sándwiches diminutos con una preciosa tarta. Sunny, que acababa de beber agua, estaba tumbada entre los dos. Movida por un impulso, Amanda sacó el jamón de su sándwich y se lo dio a la perrita, que con mucha delicadeza se lo quitó de entre los dedos antes de lamerle la mano en agradecimiento.

–Te ha embaucado –dijo Will con una sonrisa–. Me alegro de que te esté ayudando a superar tu miedo a los perros.

Sí. Eso sí que era algo que se llevaría de esa semana: ya no tenía miedo.

De los perros, claro. Porque cuando volvieron al coche se dio cuenta de que llevaba todo el día sin mirar el reloj, lo cual implicaba que Will le había hecho olvidar la importancia del tiempo, y eso era algo muy, muy, peligroso.

Capítulo Seis

Will estaba acostado mirando por la ventana; no corría las cortinas para no perderse las vistas del jardín. Le encantaba ver el cielo oscurecerse, pero esa noche no vería las constelaciones porque la imagen que tenía en la cabeza era la de Amanda, tendida en la hierba en las praderas de Grantchester, con los ojos cerrados y los labios ligeramente separados. Qué fácil habría sido acercarse, agachar la cabeza y robarle un beso.

Tenía una boca preciosa. Seguro que Amanda no era consciente ni de eso ni de cómo la camiseta se le amoldaba al cuerpo revelando unas curvas que él había querido recorrer con los dedos. Imaginaba su melena despeinada sobre la hierba, su boca enrojecida de pasión, la cabeza echada atrás de placer mientras él la tocaba, la acariciaba, la provocaba y la llevaba al límite. Sus dedos habían anhelado tocarla y descubrir lo suave que sería su piel, y su boca había querido descubrir exactamente cómo sabía. Quería respirar su aroma, oír el cambio de su voz y su respiración a medida que se excitaba; ver sus pupilas dilatadas y el azul hielo de sus ojos derretirse de deseo. Sabía que una relación con ella era impo-

73

sible, pero estaba empezando a pensar que una breve aventura podría estar bien, ya que si se deshacían de la atracción física, podrían concentrarse en el trabajo. Se lo propondría.

A la mañana siguiente se despertó con el aroma del café. Miró el reloj. Ni siquiera eran las siete. Se duchó rápidamente, se peinó, se vistió y bajó corriendo. Encontró a Amanda sentada en la cocina trabajando con el ordenador, vestida con vaqueros y camiseta, y acariciando a Sunny, que tenía la cabeza apoyada en su rodilla. Amanda era una mujer estirada y seria que temía a los perros. La mujer sentada en la cocina era otra, más cálida, más amable, y por quien perdería el corazón si no tenía cuidado.

Si su cabeza sabía que era la mujer menos indicada para él, ¿por qué tenía esa cálida sensación cada vez que la miraba? ¿Por qué sentía un cosquilleo en los dedos por el deseo de tocarla?

–¿Qué es eso? –preguntó al oír un zumbido.

–La lavadora. El hombre del tiempo ha dicho que hoy hará bueno, así que podríamos tender la ropa antes de irnos y así luego no nos hará falta poner la secadora.

–¿Has lavado la ropa de los dos?

La idea de que su ropa se enroscara con la suya le hizo pensar en sus piernas entrelazadas, una imagen muy placentera, exactamente la misma con la que había fantaseado toda la noche.

–Y las toallas también. Así el lavado es más eficiente.

Esa palabra rompió el hechizo. «Eficiente». Ahí

estaba Amanda de nuevo: eficiente, organizada, la dama de hielo. Se sentó y se sirvió una taza de café.

—¿En qué estás trabajando?

—En un cuestionario para tus clientes, así te ahorrarás mucho tiempo.

—Odio estropearte la idea, pero ya lo he probado y he descubierto que lo que escriben en un cuestionario no suele ser lo que de verdad quieren. Escriben lo que creen que deberían tener, pero no lo que de verdad quieren. Es mejor que lo hablen directamente conmigo.

—Entiendo.

Vio un brillo de decepción en su mirada y no pudo evitar apretarle la mano para reconfortarla.

—Ey, era una buena idea, aunque creía que los contables solo sabíais de números.

—Y de sistemas de negocios también. Hacemos que las cosas funcionen eficientemente para que el cliente pueda concentrarse en los aspectos importantes de su trabajo en lugar de agobiarse con demasiado papeleo. He trabajado con clientes que me traen una caja de zapatos llena de recibos para ordenar a final del año fiscal y están aterrados por si han perdido algo importante.

—Ya.

—Así que he desarrollado un sistema sencillo para que organicen sus papeles. Con eso su factura es más baja porque no tenemos que pasar mucho tiempo ordenando los documentos y, además, no tienen que preocuparse de si han perdido algo. Un poquito de organización y todo es menos estresante.

—Pero eso significa que tu empresa sale perdiendo al facturar menos horas de trabajo.

—Pero si no lo hiciera así, no estaríamos dándole al cliente el mejor servicio, y eso está mal.

Por muy mandona y maniaca del control que fuera, para ella la honestidad era importante, y él le había estado mintiendo. Por buenas razones, pero mintiendo al fin y al cabo.

Tal vez ese día encontraría el modo de decirle la verdad sin estropearlo todo.

—Bueno ¿hoy tenemos algún plan?

—A las diez hemos quedado con un cliente y después vamos a ver a otro para empezar con un diseño que ya está aprobado.

—¿Viene Sunny?

—Hoy no, pero prometo que en cuanto llegue a casa le voy a dar un largo paseo.

Will había dicho que era diseñador de jardines, ¡pero no se lo había contado todo! Más bien era paisajista consultor de ricos y famosos.

—Tu clienta es famosa. ¡Vamos, que hasta yo sé quién es y eso que no veo esa serie de televisión! No me puedo creer que no me hayas hecho firmar un acuerdo de confidencialidad.

—No es necesario. Me fío de ti.

Después de comerse un sándwich fueron hasta St. John´s Wood, donde le presentó al cliente con cuyo jardín trabajarían esa semana. Había visto su imagen por televisión infinidad de veces.

–¡Esta casa es de un famoso jugador de fútbol! –le susurró en el jardín.

–¿Y? –preguntó él tan tranquilo–. Tenemos un problemilla.

–¿Cuál? –preguntó imaginando por su tono que era uno grande.

–Esta maleza que ves aquí se extiende una barbaridad y el único modo de librarse de ella es arrancándola una a una de raíz –le dio un par de guantes acolchados–. Te van a hacer falta, pero si notas que te empiezan a doler las manos, quiero que pares, y tienes que beber un poco de agua cada quince minutos.

–¿En serio planificas los descansos? –le preguntó asombrada.

–Solo me aseguro de que no te deshidrates porque hoy hace mucho calor. No quiero que te esfuerces demasiado y acabes mala.

Estaba cuidándola...

Al cabo de un rato, cuando le dijo a Amanda que parara para tomarse algo, también le hizo quitarse los guantes y mostrarle las manos.

–Mmm –le deslizó los dedos delicadamente por las palmas–. ¿Te duele?

–No –dijo entrecortadamente esperando que Will lo achacara a la sed y no al deseo que la invadía.

–Bien. En cuanto notes la más mínima molestia, quiero que pares.

–Tengo que ser tu sombra y haré lo que tú hagas.

–No es una competición, Amanda. Se trata de trabajo en equipo. Lo estás haciendo muy bien.

Lo vio trabajar; el modo en que se movía era casi como el de un bailarín de ballet, con elegancia, seguridad y fuerza. Menos mal que no se había quitado la camiseta, porque medio desnudo habría resultado demasiado tentador. Y no había duda de que su clienta pensaba lo mismo, porque no dejaba de bajar a verlos. Con Amanda ni se molestaba en hablar, pero con él no hacía más que sonreír y batir las pestañas.

–¿Qué? –le preguntó Will cuando la mujer se marchó a casa contoneándose.

–No he dicho ni una palabra.

–No te ha hecho falta, con ese gesto de desaprobación…

–Es que está casada y está flirteando contigo.

–¿Y es un problema?

No parecía molesto lo más mínimo; seguro que estaba acostumbrado a que las mujeres cayeran rendidas a sus pies.

–Para que quede claro, Amanda, creo en la fidelidad. No me importa echarme unas risas con mis clientes, pero si me propusiera algo en serio, esa sería otra cuestión, y me aseguraría de no volver a venir por aquí solo. He venido a trabajar para convertir este jardín en un jardín de ensueño. Si tiene alguna fantasía, tendrá que seguir en su cabeza, porque yo no tengo ninguna intención de hacérsela realidad.

–Ah… –Amanda sintió el rubor de sus mejillas.

–Y para asegurarme de que ha quedado claro… –se quitó los guantes, le tomó la cara entre las manos y la besó con delicadeza. Una vez, dos veces. Le mordisqueó con ternura el labio inferior hasta que ella abrió la boca y entonces el beso se intensificó y los sentidos se le dispararon.

Pero tan inesperadamente como el beso comenzó, terminó.

–¿Por qué has hecho eso? –le susurró.

–Porque nuestra clienta está asomada a la ventana mirándonos. Ahora creerá que tenemos una relación y eso le parará los pies.

La cabeza le daba vueltas. Will Daynes acababa de besarla. Había sido el beso más espectacular de toda su vida, aunque a juzgar por la frialdad de su voz y el modo en que se había vuelto a poner los guantes, para él no había significado nada.

Sin duda ese beso había sido un error, pensó Will. No debería haberlo hecho. Había molestado a su clienta y había hecho que Amanda desconfiara un poco de él. No lo había mirado a los ojos desde entonces, así que ya podía ir olvidándose de esa idea de sugerirle que tuvieran una aventura fugaz. El beso, por otro lado, tampoco había saciado su deseo, sino que lo había aumentado. Ahora que sabía lo que era besarla, quería volver a hacerlo. Sin embargo, tendría que ejercer un poco de autocontrol.

–El baño es todo tuyo –le dijo Will sin mirarla a la cara cuando llegaron a casa.

–¿Y tú?

–Yo me daré una ducha rápida. No tengas prisa,

deja que el agua empape bien tus músculos doloridos y los calme.

¿Y si no? ¿Se ofrecería él a darle un masaje?

–Tómate todo el tiempo que quieras. Prepararé la cena cuando estés lista y mientras tanto sacaré a Sunny a dar un paseo.

Tal vez debería romper esa norma que tenía y proponerle una noche loca para quitarse de encima esa tensión y poder concentrarse en el proyecto de Dee. Pero si la rechazaba… jamás podría volver a mirarlo a la cara. Furiosa consigo misma, salió de la bañera, se secó y se vistió con lo que se sentía más cómoda: un traje, para no olvidar que las cosas entre Will y ella eran estrictamente laborales.

Capítulo Siete

El martes fue muy similar al lunes; se levantaron pronto y fueron a St. John´s Wood, esta vez acompañados por Sunny, para seguir quitando la maleza.

A pesar de sus buenas intenciones, Amanda no podía dejar de pensar en cómo Will la había besado el día anterior. Y lo que era aún peor, no podía dejar de preguntarse si lo repetiría… o si ella podría contener la decepción si no lo hacía.

Ya por la tarde, y mientras seguían atacando la maleza, algo le rozó el brazo.

–¡Ah!

–¿Estás bien?

–Sí –aunque le escocía mucho el brazo.

–Es urticaria –dijo Will–. Lo siento, debería haberte avisado sobre las ortigas. Ven, deja que te frote con esto –le dijo Will tras arrancar una hoja–. Es acedera. Si la frotas por el brazo el dolor y la hinchazón cesarán y el sarpullido se irá antes.

–¿Cómo sabes tantas cosas? –y sin darle tiempo a responder, añadió–: Ya, tu tío Martin.

–El mismo.

–Debe de ser muy agradable.

–Lo es.

Pero no le dio más información; era más reservado todavía que ella con su pasado. Qué raro, porque seguro que sus padres estarían orgullosos de tener un hijo que estaba haciendo bien un trabajo que adoraba. Los suyos no estaban orgullosos. Su padre era muy distante y su madre, bueno, no se había molestado en disimular su rencor por el hecho de que su hija estuviera haciendo lo que ella no había podido hacer. Ni siquiera había encajado en su familia, y se preguntaba si algún día encajaría en alguna parte. Bueno, seguro que encontraría su sitio cuando se hiciera socia de la empresa y tuviera una plaza de coche con su nombre para demostrarlo.

Dos noches en vela habían hecho mella en su equilibrio y pasar el miércoles por la mañana en el centro de jardinería lo había empeorado aún más. Compartir mesa, la desordenada y desastrosa mesa de Martin, con Amanda, no había hecho más que hacerle desear apartar todos los papeles de encima, tumbarla y... ¡Se estaba volviendo loco!

–Necesito un café, ¿te apetece uno?

–Gracias. Will, ¿estás bien?

–Claro, ¿por qué?

–No pareces estar de muy buen humor hoy.

–Falta de... –sueño y sexo– cafeína.

Aun así, el café no lo ayudó mucho, y para cuando llegó la hora del almuerzo, ya no podía más. Si no salía de allí en ese mismo momento, sabía que cometería alguna estupidez.

–Vamos a la ciudad –le dijo de pronto.

–¿Es que quieres escaquearte del trabajo?

–No. Tenemos todo el papeleo arreglado, hemos mirado los inventarios y los presupuestos –respiró hondo–. Y no puedo estar más de medio día en la oficina sin volverme loco.

–Pues entonces la semana que viene se te va a hacer un poco dura.

–Tanto como a ti llevar vaqueros en lugar de traje. Oye, lo siento. No debería pagarlo contigo.

–No me molesta.

No, porque la fría doncella de hielo no parecía inmutarse ante nada, pero Will sentía un abrumador deseo de verla derretirse por algo. No, más que derretirse, quería verla convertirse en un volcán. Quería verla dejarse llevar, quería liberar la pasión que estaba seguro que guardaba con llave bajo esa fría fachada. ¡Y quería hacerlo ya!

–Vamos.

Fueron a casa a dejar a Sunny y se pusieron rumbo a Cambridge, donde la llevó a dos pastelerías; en una compró dos baguettes, y en la otra panecillos de Chelsea.

–¿Panecillos de Chelsea? –preguntó ella cuando salieron el establecimiento.

–Este sitio es famoso por ellos desde hace ochenta y pico años, y por su tarta de chocolate.

Al momento, por fin, ya estaban en el Jardín Botánico, donde se sentaron a almorzar mientras veían los pájaros y las libélulas. Estar en un jardín solía aplacarle, pero ese día la tensión que lo invadía no parecía cesar. Se tumbó y cerró los ojos. Necesitaba recuperar el equilibrio, pero entonces, en ese mismo instante, sintió una mano apartándole el pelo de la frente.

Abrió los ojos y se encontró a Amanda mirándolo y mordiéndose el labio inferior.

–¿Amanda? ¿Acabas de…? –dejó de hablar al ver su rostro avergonzado.

–Sí –respondió sonrojada.

–¿Por qué?

–No lo sé, pero no me gusta verte triste. Siempre estás sonriendo, siempre relajado y despreocupado, pero hoy pareces tenso. Y yo no sé qué hacer para que te sientas mejor. Estas cosas no se me dan bien. Soy pésima tratando con la gente.

Sus ojos eran de un intenso y profundo azul y estaban cargados de dolor. Se incorporó, le agarró la mano y se la acarició.

–¿Cómo que eres pésima tratando con la gente? Conmigo te has portado muy bien.

–No soy como tú, Will. A la gente le gustas, iluminas sus vidas. Los empleados del centro de jardinería, tus clientes… eres capaz de hacerles reír. Es como si los encandilaras.

–Pues no es algo que me proponga.

–No tienes ni que intentarlo. Es innato. Yo… –se detuvo y apartó la mirada.

–Ey –la rodeó con el brazo–, no pasa nada.

–No me hagas caso. Debe de ser el síndrome premenstrual o algo así.

Estaba siendo sincera con él y dejándole ver una

parte de ella que tal vez jamás le había mostrado a nadie, y Will no le permitiría volver a esconderla y enterrar el dolor dentro de sí.

–¿De verdad crees que no le cases bien a la gente?

–Lo sé –dijo con rotundidad–. Hasta Dee… a veces creo que me soporta solo porque no le doy problemas, porque siempre pago el alquiler a tiempo y no le dejo la casa desordenada como su antigua compañera de piso –cuando Will siguió apretándole la mano, las palabras de Amanda fluyeron como una ráfaga, como si llevaran años y años estancadas y por fin la presa se hubiera abierto–. Todas sus amigas creen que soy una estirada y una aburrida, y ni siquiera encajo en mi trabajo. Seguro que nunca has llegado al trabajo y te has enterado de que han celebrado una fiesta el fin de semana y has sido el único al que no han invitado.

Se le cayó el alma a los pies.

–Lo siento.

–No necesito compasión. Y si le cuentas esto a alguien, puede que… que te mate.

Ese intento de ser graciosa no funcionó, porque él aún podía oír dolor en su voz. La acarició.

–Tengo una idea mejor. ¿Por qué no me besas en lugar de matarme?

–¿Qué? –le preguntó con los ojos abiertos de par en par.

–Que me beses –le susurró–. Y dejes que yo te bese. Que te bese mejor.

–No podemos, estamos en un lugar público.

–Cuarenta acres de jardín. La gente viene aquí a ver plantas, no van a mirarnos ni se van a percatar de un pequeño beso –la sentó en su regazo–. ¿Sabes? Creo que esto del intercambio de vidas puede enseñarnos cosas, puede hacer que nos completemos el uno al otro –se acercó y le besó la punta de la nariz–. No creo que no le gustes a la gente, Amanda, creo que les das miedo porque les aterroriza no estar a tu altura. ¿Quieres saber de verdad por qué estaba de mal humor esta mañana? Por haberte besado el lunes y no haber podido dejar de pensar en ello desde entonces. Sé que es una locura, tú eres una chica de ciudad y yo no podría soportar estar encerrado en esa jaula, al igual que a ti no te gustan los espacios abiertos. Pero eso es algo que me dice mi cabeza. Si hace diez años hubiera escuchado a mi cabeza, probablemente habría terminado dedicándome a lo mismo que tú. Rechacé una beca en Oxford para estudiar económicas.

–¿Y por qué no solicitaste estudios de botánica o algo así en su lugar?

–Porque en mi corazón sabía que no era lo que quería. No quería trabajar en un laboratorio o investigando, quería diseñar jardines, construir magia. Solo solicité plaza para estudiar en Oxford ante la insistencia de mis padres, nunca tuve intención de ir allí porque no impartían lo que yo quería estudiar. Si hubiera escuchado a mi cabeza, probablemente ahora estaría ganando un sueldo diez veces más alto, pero también habría sido un desgraciado. Lo que intento decirte es que tuve que elegir y tomé la decisión correcta, aunque no todo el mundo lo apruebe. A veces tu cabeza se equivoca y es mejor escuchar a tu corazón –le llevó la mano a su pecho–. ¿Qué te dice mi corazón?

–No lo sé.

–Pues entonces, te lo voy a traducir –y mirándola fijamente a la boca añadió–: Bésame.

–Yo… yo no hago estas cosas. Yo no tengo aventuras esporádicas.

–Mi cabeza me dice que pare ahora mismo, pero mi corazón me dice que esto está bien. Bésame, Amanda –echó la cabeza atrás esperando que ella tomara la iniciativa.

Despacio, Amanda lo rodeó por el cuello y acercó la boca tímidamente; fue un beso tan dulce que se le derritieron los huesos. Fue un beso delicioso, tierno, que le hizo desear más. Cuando ella se apartó, vio una lágrima deslizándose por su mejilla.

–Oh, cielo, no llores –le secó la lágrima con un beso–. No voy a presionarte.

–Esto no debería pasar. Eres desorganizado y…

–Y tú eres una obsesa del control. Olvidemos las normas y veamos qué pasa. Y, para que lo sepas, no voy a firmar ningún acuerdo de confidencialidad sobre lo que me has contado porque no voy a contárselo a nadie. Es algo entre tú y yo. Del mismo modo que sé que tú no vas a contarle a nadie lo que te he contado. Y aunque no hay nada que desee más ahora mismo que llevarte a mi cama y hacerte el amor, vamos a levantarnos y a dar un paseo por los jardines. Te deseo, pero no voy a presionarte.

Capítulo Ocho

El jueves Will siguió manteniendo su promesa; pasaron una hora en el centro de jardinería haciendo labores administrativas y después fueron a visitar a otro cliente. Lo grabó y vio, fascinada, con cuánta destreza dibujó lo que el cliente quería exactamente y cómo, después, realizó una serie de minuciosos procedimientos técnicos para estudiar y analizar el tipo de suelo.

A la vuelta pasaron por un supermercado, y Will le dijo que esperara en el coche; estaba claro que tenía pensado cocinarle algo rico, ya que era su última noche allí. Aprovechó el rato que estuvo sola para mirar el correo del trabajo por el móvil.

—Te he pillado mirando cosas del trabajo. ¿Está permitido eso durante el intercambio?

—Ah, sí, claro que sí. Tú también querrás ver qué tal marchan las cosas en el centro de jardinería durante la semana que viene, ¿no?

En lugar de responderle le lanzó una irónica mirada que ella interpretó como un «no», y cuando llegaron a casa, no le dejó descargar las bolsas del coche y la instó a subir a darse un baño.

—Y no te pongas traje. No necesitas armadura.

Todo lo contrario, en lo que respectaba a Will Daynes, necesitaba todas las armaduras que pudiera encontrar, pero hizo lo que le pidió y se puso los vaqueros que le había comprado. Sin embargo, para demostrarle que no se dejaba manipular, en lugar de camiseta, se puso camisa.

Cuando bajó a la cocina, Will le dio una copa de vino y le dijo que saliera al jardín a relajarse.

–Sé que la cocina no es lo mío, pero ¿no quieres que ponga la mesa o algo?

–¿Recuerdas lo que dijimos de los sentidos? Pues déjame que te enseñe la importancia del sentido del gusto.

–¿Tiene esto algo que ver con el hecho de que no cocine?

–Puede que tenga algo que ver, sí, porque no creo que pueda soportar una semana entera con comida precocinada –respondió sonriendo–. Y ahora, por favor, sal y siéntate en el jardín.

Unos minutos más tarde Will salió diciendo:

–¿Lista? No te levantes, cenaremos aquí fuera. A lo mejor debería vendarte los ojos para esto.

¿Vendarle los ojos? Le ardieron las mejillas cuando en su cabeza se posó una imagen de sí misma desnuda y con los ojos vendados, tendida sobre sábanas de seda mientras Will, el pirata, cerraba la puerta con llave para que nadie los molestara

–Cierra los ojos, Amanda. Confía en mí, ¿vale?

–Vale.

–Bien. ¿Qué sientes? –le preguntó al deslizarle algo por el labio inferior.

–Frío. Suave.

–Abre la boca, y ahora come y descríbemelo.

–Una aceituna.

–¿Y sabe a…?

–Aceituna.

–Pero está marinada en tomillo y chile. Hay que afinar tu sentido del gusto. Siguiente.

–Frío, húmedo, resbaladizo. ¡Pepino!

–¿Y esto?

–Suave, dulce, salado y un poco ácido al mismo tiempo. Es queso, aunque no sé de qué tipo.

–Feta.

–¿Me estás dando una ensalada griega?

–A ti no se te puede engañar, ¿eh? –dijo riendo–. ¿Y qué falta?

–¿Tomate?

–Eso es. Esta vez quiero que describas el olor.

–Huele a… tomate.

–Es un tomate *cherry* recién arrancado de la mata. Huele de maravilla –siguió dándole más bocados de ensalada–. Venga, aroma otra vez.

–Este no lo sé.

–¿A qué te recuerda?

–Algo amaderado. Una colina en Grecia.

–¡Aleluya! Por fin lo has captado.

–Mmm… esto es pan. Un poco salado. Y algo más… es un sabor que desconozco.

–Pan de romero. Está mejor un poco caliente y mojado en aceite de oliva.

–¿Puedo abrir ya los ojos y comérmelo con normalidad?

–No. Me estoy divirtiendo –le dio bocados de pollo al limón, más pan y más ensalada griega.

–Empiezo a sentirme un poco estúpida.

–Pues no lo pareces, pero vale. Este es el último. Y quiero una buena descripción.

–Desigual… brillante… No, espera, eso no lo puedo notar.

–«Brillante» está bien. Dale un mordisco.

Era la fresa más jugosa y dulce que había comido nunca, y pudo sentir el jugo deslizándose por la comisura de su labio. Estaba a punto de atraparlo con la lengua…, pero Will se le adelantó.

–¡Will! –dijo abriendo los ojos.

–Ey, era una tentación demasiado grande. Sabes a fresa y estoy hambriento, Amanda.

–Pues haber comido en condiciones en lugar de darme de comer como si fuera un bebé –dijo intentando sonar fría y calmada mientras miraba los ojos más sexys que había visto en su vida y estaba tan cerca de la boca más sensual que la había besado nunca.

–No te estaba dando de comer como a un bebé, te daba de comer como a una amante.

–No es buena idea, Will –¡un beso más y estaría perdida! Tenía que ponerle freno a eso–. Somos demasiado diferentes. Tu sitio no está en Londres y el mío no está aquí.

–Nos parecemos más de lo que crees. No sé adónde nos lleva esto, pero solo sé que tienes algo que me descoloca. Cuando estábamos en Grantchester… ya quise besarte.

Ella también había querido que la besara.

–Y ayer, en el Jardín Botánico… –le besó la mano–. Ahora quiero besarte. Me encanta lo suave que es tu piel –rozó con sus labios la suavidad de su muñeca y siguió besándola hasta el codo–. Y lo dulce que hueles –se acurrucó contra su cuello–. Y lo dulce que sabes.

Ella estaba casi hiperventilando. ¡Qué voz tan sexy tenía! Y sentir su boca contra su piel la estaba volviendo loca.

–Quiero besarte, Amanda. Ahora y aquí mismo.

Ya no podía más. Cerró los ojos y echó la cabeza atrás.

–Pero más todavía que eso… –le dio un diminuto, delicado y sexy mordisco, un suave roce de sus dientes contra su piel, y ella se estremeció de deseo– quiero que me beses tú. Déjate llevar, no te contengas como ayer, enciéndeme hasta hacerme arder.

Le deslizó las manos por el pelo y le mordisqueó el labio inferior. Él abrió la boca y el beso de pronto se volvió ardiente, húmedo y salvaje. Ahora sus manos se deslizaban sobre una piel desnuda y unos músculos bien definidos. No sabía cómo, pero debía de haberle quitado la camiseta en algún momento. Y ya no estaba contenida. Él le había desabrochado todos los botones de la camisa y estaba apartándole con la boca el borde del sujetador exponiendo sus pezones.

–¡Will!

–¿Qué?

–No… no podemos hacer esto. Estamos en el jardín. Cualquiera puede vernos.

–Aquí no. Estamos en la parte trasera de la casa. No hay nadie por el campo, solo tú, yo y el cielo. Pero si prefieres… –se levantó, la tomó en brazos y ella se aferró a su cuello. Sus pechos desnudos se rozaban contra el vello de su torso, nunca en su vida se había sentido tan excitada–. Te llevaré dentro. A mi cama –dijo lentamente.

–Will, no.

Él se quedó paralizado y con un enorme esfuerzo la bajó al suelo y le colocó la ropa. Mientras le abrochaba los botones, sus dedos le rozaban la piel y sus ojos le estaban diciendo que podía cambiar de opinión en cuanto quisiera. Que lo único que tenía que decir era sí. Y quería. ¡Cuánto lo deseaba! Pero su cabeza no le permitiría cometer un error.

–Lo siento –le susurró sujetándose a una silla porque aún le temblaban las piernas.

–No voy a forzarte, Amanda. Yo jamás haría eso, pero te advierto que esto no es algo que se nos vaya a pasar pronto.

–No puede funcionar –le dijo sacudiendo la cabeza.

–Eso no lo sabes, y yo tampoco. Podríamos ser valientes y probar.

–No puedo –le susurró. Estaba demasiado asustada para poner en peligro su corazón.

–Respetaré tus deseos –se puso la camiseta–. Voy a darle un paseo a Sunny.

Amanda deseaba que hubiera sido diferente, pero no funcionaría. No podía funcionar. Tenía que escuchar a su cabeza, aunque el corazón le estuviera diciendo que lo detuviera antes de que se fuera, que lo besara hasta que los dos enloquecieran de deseo. Tenía que escuchar a su cabeza con frialdad y sentido común, para que todo siguiera ciñéndose estrictamente a lo laboral.

Will estuvo fuera una hora y, a juzgar por cómo entró en la cocina, Amanda supuso que había ido a correr, más que a pasear, para quemar su frustración. Una frustración que ella había generado al detenerlo cuando los dos ya estaban medio desnudos.

–Will, lo siento –repitió.

–No pasa nada. Ambos haremos como si no hubiera pasado.

–Gracias.

Aunque era más fácil decirlo que hacerlo, mucho más fácil. Esa noche durmió increíblemente mal, estuvo planteándose salir de la cama e ir a llamar a su puerta para decirle «sí». Sin embargo, el sentido común la detuvo. A la mañana siguiente le dolía la cabeza, y una ducha no la hizo sentirse mejor. Es más, no podía recordar la última vez que se había sentido tan mal. Tan vacía. Debería haber dicho «sí». Aunque hubiera sido una sola noche, habría merecido la pena.

–Buenos días –le dijo Will cuando entró en la cocina.

Los dos tenían ojeras; parecía que él había dormido igual de mal.

–Buenos días –murmuró.

–Bueno, es tu último día siendo mi sombra. ¿Has disfrutado de tu semana en el campo?

–Más de lo que me esperaba.

–Bien –se la quedó mirando–. ¿Cenarás conmigo esta noche?

–Tengo que volver a Londres y tú tendrás que preparar cosas para la semana que viene.

¿Era imaginación suya o Amanda se había ruborizado? No debería haber insistido la noche anterior, pero ese modo en que sus blancos dientes se habían hundido en la fresa, el modo en que su preciosa boca le había sonreído... había sido incapaz de resistirse a besarla.

–Sí, tienes razón. Tengo cosas que hacer –como volver a dejar la casa rural tal como estaba y luego ir a la suya.

–Hay una cosa... sobre Sunny. Cuando accedí a esto del intercambio no sabía que tenías perro y, bueno, mi contrato de alquiler prohíbe tener mascotas en casa.

–Ah, no es problema, iba a quedarse con Fliss de todos modos –le sonrió, complacido de que se hubiera preocupado por su perrita.

Pasaron el resto del día trabajando en el jardín de St. John´s Wood hasta que llegó la tarde y volvieron a los Fens por última vez. La música que Will tenía en el coche parecía estar mandándole alguna especie de mensaje, eran baladas country en las que el cantante hacía promesas de amor y le decía a la chica que la amaría más que nadie y que el futuro sería perfecto porque estarían juntos. Cuando él empezó a cantar al ritmo de la música con esa voz tan preciosa, Amanda estuvo más que segura de que intentaba decirle algo.

Ya en la casa, hizo sus maletas corriendo y se sintió extraña al despedirse de Will.

–Gracias por enseñarme sobre jardines.

–Un placer. Nos vemos el domingo por la noche. Y tú podrás enseñarme…

¿Pero qué demonios iba a enseñarle ella a Will? ¿A ser un estirado y evitar a la gente?

–Nos vemos el domingo –respondió esquivando su mirada y marchándose corriendo.

Will se apoyó en el marco de la puerta y la vio alejarse con su coche. Ahora estarían dos días separados, pero la semana siguiente estaría en su vida, con sus planificaciones, en su mundo. En la clase de vida que sus padres le habían planificado; la clase de vida que él se había prometido no tener nunca.

–Bueno, vamos a recoger este sitio, Sunny, y después nos vamos a casa.

–¿Qué tal ha ido? –le preguntó Dee.

–Bien –respondió Amanda encogiéndose de hombros.

–¿Estás segura? –le preguntó preocupada–. No has dicho ni una palabra desde que has llegado a casa, y anoche te fuiste a dormir muy pronto.

–Eso es por culpa del aire fresco, de tanto jardín

y tantas flores. A una chica de ciudad como yo eso acaba resultándole aburrido.

—Lo siento. ¿Tan horrible ha sido?

—Bueno, no ha estado mal, pero no sé qué le puedo enseñar yo a él.

—Sí, ya, es una persona a la que le gusta tomar sus propias decisiones.

—¿Lo conoces muy bien?

—Como sabrás, es el hermano de Fliss, así que lo conozco desde que tenía dieciséis años. Es un tipo encantador, aunque puede ser muy testarudo.

—Ya me he dado cuenta.

—Oye, si tanto os habéis odiado, podéis cancelar la segunda semana.

Ese era el problema, pensó Amanda. Que no se habían odiado. Ni mucho menos.

—Dije que lo haría y no voy a dejarte tirada.

—Oh, no, por favor, dime que no lo has hecho —le dijo Fliss a Will en cuanto le abrió la puerta.

—¿Qué?

—Esa mirada… Por favor, dime que no te has enamorado de la Reina de Hielo.

—Ella no es así.

—Amanda Neave es la peor mujer de la que te podrías enamorar. Lo único que le importa es su trabajo y no quiero que te haga daño.

—Nadie me va a hacer daño y, además, ¿quieres que te recuerde que fuiste tú la que me pediste que hiciera esto del intercambio?

–Lo sé, y estoy empezando a desear no haberlo hecho. No creía que fuera tu tipo.

–Yo no tengo ningún tipo, no soy tan superficial. Y, de todos modos, no ha pasado nada.

–Mmm… –Fliss no parecía muy convencida.

–A ver, legalmente, ¿a qué edad puedes conducir, tener tu propia casa y votar?

–A los dieciocho.

–Y yo tengo…

–Veintinueve –respondió ella resoplando.

–Así que llevo siendo adulto… vamos, Fliss, sé que puedes echar las cuentas –le dijo con una pícara sonrisa.

–Once años, pero sigues siendo mi hermano pequeño.

–Mírame, Fliss. Estoy bien y feliz. Tengo mi propia casa y mi propio negocio que, por cierto, marcha muy bien.

–Lo sé, pero es que no quiero que te rompan el corazón por enamorarte de la persona equivocada.

–No estoy enamorado de Amanda –estaba a más de medio camino de estarlo, aunque intentaba no perder la cabeza–. Y, aunque lo estuviera, no podrías saber con seguridad si sería la persona equivocada. Deja que eso lo juzgue yo, ¿de acuerdo? –le sonrió–. Sabes, me voy a alegrar mucho cuando llegue mi sobrinito y dejes de ser mamá conmigo.

–No quiero ser una mandona –le dijo con lágrimas en los ojos–, pero es que… te quiero.

–Y yo te quiero a ti, hermanita –la abrazó–. Y ahora deja de preocuparte por mí. Ya soy mayorcito. Si tuviera algún problema, serías la primera a la que acudiría. ¿de acuerdo? Pero deja de llorar. Cal se va a enfadar conmigo por haber disgustado a su mujer.

–Son solo las hormonas.

Justo en ese momento Cal entró por la puerta.

–Yo te llevo a la ciudad –le dijo Cal–. Y tú, cielo, descansa un poco.

–Nos vemos a la vuelta –dijo abrazando a Fliss–. Y gracias por cuidarme a Sunny.

–Es lo mínimo que puedo hacer después de haberte metido en este lío.

Cuando Cal lo dejó en el centro de la cuidad, Will se dirigió a una floristería que antes de subirse al tren. Dos transbordos de metro después, y ya estaba en la calle de Amanda. Llamó al telefonillo.

–¿Sí?

Esa extraña sacudida que sintió en el corazón fue inquietante. ¿Cómo podía reaccionar así solo con el sonido de su voz?

–Hola, soy Will.

Tal como había esperado, llevaba un traje; ya no era la mujer que había empezado a derretirse en sus brazos.

–Voy a pedirte un permiso de estacionamiento para que no tengas que sacar tiques.

–No hace falta, por eso he venido en metro y tren. Ah… son para ti –dijo dándole las flores que se había escondido tras la espalda.

–No era necesario, pero gracias. Eres muy amable –le dijo impactada y con frialdad–. Las pondré en agua y luego te enseño tu habitación.

Durante los últimos días Amanda se había estado convenciendo de que podría tratarlo como a cualquier otro colega de trabajo o cliente, pero, ahora que estaba en su casa, supo lo mucho que se había equivocado. Will Daynes irradiaba energía y sexualidad. Y le sería imposible poder dormir sabiendo que tenía su cama a pocos metros.

–Dee estará fuera toda la semana porque está en una conferencia, así que ocuparás su habitación –le dijo mientras le enseñaba la casa–. Aquí están el salón, el baño, y tu habitación. Te he sacado una toalla limpia.

Miró su maleta; no parecía muy grande, y después lo miró a él: vaqueros descoloridos, una camiseta vieja y deportivas. ¡Así no podía llevarlo a la oficina!

–¿No tendrás pensado ir a la oficina vestido así, verdad?

–¿Tú qué crees? –le preguntó con una sonrisa que hizo que la recorriera una ráfaga de deseo.

–Mañana llegaremos tarde al trabajo, tendremos que pasar por Oxford Street para comprarte un traje de camino a la oficina.

–¿Te ha entrado el pánico, a que sí?

–¿Y te sorprende? Sabías lo que haríamos esta semana, te di un programa y creía que te…

–¿Que me vestiría adecuadamente? –le preguntó con un pícaro brillo en la mirada.

Ella supo entonces que le estaba tomando el pelo.

–No me ha hecho gracia.

–Lo siento –le sonrió–. No voy a dejarte en evidencia, Amanda. Tengo un traje, aunque mañana me vas a tener que dejar la plancha para quitarle las arrugas a la camisa.

Imaginarse a Will con el torso desnudo y planchando hizo que se le acelerara el corazón.¡Oh! Más le valía calmarse un poco.

–¿Te preparo algo de beber mientras deshaces la maleta?

–Sí, gracias.

¿Serían capaz de mantener las distancias durante cinco días?

Cuando Will volvió al salón, le pasó una copa y sus dedos se rozaron, una corriente eléctrica le recorrió las venas. Y a él le pasó lo mismo.

–¿A qué hora nos vamos a la oficina mañana?

–Suelo salir de aquí a las siete menos los miércoles, que salgo a las seis para ir al gimnasio primero.

–¿Y yo también tengo que ir al gimnasio?

–¿Tienes que hacer lo que yo haga, no?

–Ni me acuerdo de la última vez que pisé uno…

–Seguro que no tendrás ningún problema. Tus músculos son… –se le secó la boca.

–¿Mis músculos son…?

–No importa.

–Te estás poniendo colorada.

–No es verdad. Bueno… dime, ¿qué asignaturas tenías en Horticultura?

Él sonrió, sabía perfectamente por qué había cambiado de tema.

–Matemáticas, Económicas, Biología y Química.

–¿Y cómo es que sabes tanto de literatura?

–Salí con una actriz y la ayudaba a aprenderse los guiones. Creo que mi obra favorita es *Antonio y Cleopatra*, es pura poesía: «La eternidad estaba en nuestros labios y nuestros ojos…». Es curioso, pero cuando estoy contigo no puedo dejar de pensar en labios.

–No es justo. Esto tendría que ser estrictamente laboral.

–Pues hacemos un trato: bésame y me callo.

Recordó la última vez que lo había besado y cómo se habían dejado llevar hasta el punto de terminar medio desnudos.

–No hay trato.

–¿Entonces no me callo? ¡Vale! ¿Es que te da miedo besarme?

–No.

–Por si sirve de algo, lo que sucedió el jueves no es algo que me suela pasar. Nunca olvido ni dónde estoy ni quién soy. Y creo que tú tampoco lo haces.

–No –esperó que Will no hubiera captado el temblor de su voz, un temblor de puro deseo.

–Pero no puedo dejar de pensar en ello.

–Pues tendrás que hacerlo. Eso no entra en el intercambio.

Pero los ojos de Will decían todo lo contrario: «Va a pasar y ninguno de los dos querrá parar».

Capítulo Nueve

Amanda tenía la mano en el pomo de la puerta del baño cuando esta se abrió de pronto y casi se chocó de lleno con Will, que salía con el pelo húmedo y una toalla alrededor de la cintura.

–Lo siento. No sabía que…

Cuánto se alegraba de llevar un camisón de tela gruesa, porque se habría muerto de la vergüenza si él hubiera visto cuánto la había excitado ver su cuerpo medio desnudo.

–Te he dejado la plancha y la tabla en el salón.

–Gracias.

Se duchó y se lavó el pelo sin poder sacarse de la cabeza la idea de que el cuerpo desnudo de Will había estado ahí mismo hacía un momento.

–Te he hecho café –le dijo él dándole una taza.

–Gracias –ojalá la cafeína le diera algo de sentido común porque Will con traje, camisa blanca y corbata de seda estaba increíblemente guapo.

«Céntrate», se recordó.

–¿Te preparo una tostada? También hay cereales, yogurt, fruta… Sírvete lo que quieras.

Will se decantó por la tostada mientras que ella prefirió cereales; tanto la fruta como la mantequilla, con su resbaladizo tacto, le provocarían libidinosas ideas.

—Bueno, háblame de tu trabajo —dijo Will enfocándola con la cámara.

—Me dedico a las auditorías, que consisten en comprobar los sistemas de los clientes para asegurarnos de que todo está donde y como debería. Así podemos estar seguros de que los balances financieros que les hacemos a final de año son precisos y no les falta nada.

—Esa es la definición de libro, pero ¿y en la práctica real?

—Supone todo, desde hacer inventario en una cámara frigorífica, en el caso de una empresa de alimentación, a comprobar que los sistemas informáticos registran bien las mercancías.

—¿Y eso lo haces tú o tienes a gente que lo hace?

—Yo preparo el plan de actuación y los documentos iniciales para la auditoría y redacto el informe final, además de encargarme de las comprobaciones más complicadas. Pero sí, tengo un equipo y parte de mi trabajo consiste en coordinarlos y supervisar su trabajo.

—¿Y a ti quién te supervisa?

—Mi jefe, aunque me gustaría llegar a ser socia —eso si se esforzaba mucho y demostraba lo flexible que podía ser—. En septiembre empezaré un máster en Administración de Empresas.

—¿Vas a dejar de trabajar?

—No, tendré clases un par de noches a la semana.

—Pero no te va a quedar tiempo para ti.

–El máster es para mí. Will, es el único modo de poder llegar adonde quiero.

–¿Y qué pasará cuando llegues ahí?

–Pues que encontraré un nuevo reto.

–¿Y casarte? ¿Y tener hijos? ¿Eso no entra en tu agenda? –preguntó Will apagando la cámara.

–No es obligatorio, Will. ¿Acaso entra en tu agenda?

–Ahora mismo no, pero si conozco a alguien y me doy cuenta de que es la persona de mi vida y que quiero envejecer a su lado…

Amanda se sorprendió cuando la invadieron los celos, aunque no tenía derecho a estar celosa. Sin embargo, la idea de que Will se enamorara de alguien…

–Será mejor que nos vayamos. Tendré un montón de correo esperándome y cosas por hacer.

–¿No tienes secretaria?

–No la tienes hasta que eres socio.

Tal como se había esperado, Amanda insistió en fregar los platos y dejar la cocina impoluta antes de marcharse. Él lo habría dejado todo en la pila, pero esa era la semana de Amanda y seguirían sus normas.

El metro fue peor de lo que se había esperado: abarrotado, ruidoso, asfixiante y oloroso.

–¿Haces esto todos los días? –preguntó cuando por fin salieron y caminaban hacia la oficina.

–Menos cuando tengo que visitar a algún cliente y es más fácil ir en coche.

–¿Y no odias ir apretujada con tanta gente?

–No. Will, no es para tanto. Te acostumbrarás.

Una vez en la oficina, se detuvieron en recepción para conseguirle a Will un pase temporal y subieron andando hasta la octava planta.

–Es un buen modo de mantenerme en forma cuando no voy al gimnasio.

–Ah… –él, sin embargo, prefería pasear por la orilla del río con su perro.

–Esta es mi mesa –le dijo al llegar.

Y a Will no le extrañó, porque era la única que no tenía ni fotos, ni flores ni ningún objeto personal encima. Así, siendo tan reservada, era imposible que la gente se acercara a ella.

–Voy a presentarte a todo el mundo, empezaremos con mi equipo. Nos reunimos a las nueve.

–¿Saben todos lo del intercambio?

–Solo mi jefe, los demás creen que eres el gerente de un cliente potencial.

–¿Así que estás contando mentiras?

–No, eres gerente y el invernadero podría ser un cliente potencial.

–Daynes es una pequeña empresa familiar, jamás contrataría a profesionales londinenses con precios londinenses.

–Vale, de acuerdo, no es toda la verdad, pero no quiero que la gente… –se detuvo.

–¿Qué? ¿Es que te avergüenzas de mí?

–No, pero no me gusta que se burlen de mí.

¿Eso creía, que sus compañeros se mofarían de ella? Vaya, al parecer en los últimos quince años nada había cambiado en el mundo de las finanzas.

106

–Nadie se va a meter contigo por eso –y si lo intentaban, tendrían que vérselas con él.

–Bueno, tengo que ver el correo. La máquina de café está al final de la sala –le dio una tarjeta–. Puedes sacar todo lo que quieras y también funciona en la máquina de aperitivos.

Will sacó dos cafés y, fascinado, la vio trabajar, tan concentrada, rápida y eficiente.

A las nueve menos tres minutos, Amanda lo llevó a la sala de reuniones, y a las nueve menos un minuto, tres personas entraron.

–Buenos días, equipo. Os presento a Will Daynes. Esta semana estará trabajando conmigo. Will, ellos son Rhiannon, que acaba de terminar sus exámenes finales; Mark, que está a punto; y Drew, que lleva con nosotros un año.

Todos le sonrieron con educación, pero él tuvo la sensación de que iba a ser una semana muy pesada y aburrida.

–Rhiannon, ¿me puedes poner al tanto de la última semana?

Por suerte, la reunión fue breve y, cuando terminó, todo el mundo sabía qué tenía que hacer y cuándo. A continuación tuvieron una breve reunión con el jefe de Amanda y un paseo por el departamento durante el que pudo ver que ella era educada, pero concisa y tajante, y que no perdía el tiempo en conversaciones personales. Le había dicho que no encajaba allí y ahora sabía por qué. Después se sentaron a trabajar, y al cabo de media hora ya estaba muerto del aburrimiento.

–¿Quién cuida las plantas aquí?

–Una empresa de paisajismo interior –respondió ella sin apartar la mirada de sus informes.

–Pues no las han cuidado bien, parece como si no estuvieran bien regadas. ¿Cuándo fue la última vez que les pusieron abono?

–Odias esto, ¿verdad?

Estuvo a punto de decir que sí, pero entonces la miró a los ojos y supo que, si lo decía, ella se lo tomaría como algo personal. Y el problema no era Amanda, sino su estilo de vida.

–No, es solo interés profesional. ¿Por qué no tienes plantas en tu escritorio?

–Porque se me dan fatal.

–Pues las necesitas para que absorban la radiación del ordenador.

–Estoy bien, deja de preocuparte.

Will logró aguantar la siguiente hora gracias a dos cafés bien cargados, pero después sintió que necesitaba un poco de aire fresco.

–No soporto estar aquí metido –le dijo a la cámara–. Nadie habla con nadie, no hay trabajo en equipo y es como si todos estuvieran compitiendo.

Y por si todo esa fuera poco, la hora del almuerzo fue aún peor.

–¿No vas a tomarte un descanso?

–Llevo fuera una semana, tengo que planificar una auditoría y mañana tenemos que ir a visitar a un cliente. No tengo tiempo para descansos, Will.

–Por el modo en que trabajas, seguro que todo eso podrías hacerlo con los ojos cerrados.

La tarde se le hizo muy larga y, por primera vez en su vida, se la pasó mirando el reloj. Fueron los últimos en marcharse de allí, a las siete menos diez. Pero si creía que el día había ido mal, Amanda terminó de estropearlo cuando pararon en el supermercado y echó en la cesta dos bandejas de comida precocinada y una ensalada preparada.

–No puedes estar hablando en serio.

–Es mi semana, son mis normas.

–¿Pero tanto esfuerzo te supone preparar una ensalada?

–Sí, y deja de actuar como un sibarita con la comida.

El sabor fue tan malo como se había esperado, pero se obligó a comerlo y después la convenció para que le dejara fregar los platos. Y entonces, cuando creía que Amanda se iba a relajar un poco, la vio con unos libros.

–¿No irás a trabajar ahora, no?

–Voy a adelantar unas cosas para cuando empiece con el máster.

–Amanda, este ritmo de trabajo no es sano.

–Estoy bien. Mira, si te aburres, ponte a ver la tele.

–Amanda, creo que deberías parar y aprender a respirar –dijo él encendiendo la cámara.

Capítulo Diez

Para alivio de Will, el martes fue mejor, ya que se libraron del metro porque habían quedado en recoger a Drew con el coche para ir a hacer una auditoría.

–¿Entonces vamos a trabajar separados? –preguntó Will cuando ella les explicó todo.

–Trabajaremos en equipo, pero sí, cada uno se ocupará de una cosa. Os he redactado vuestras tareas, así que lo único que tienes que hacer es seguir el plan y anotar lo que hagas y los resultados que obtengas. A menos que creas que no puedes hacerlo –dijo con una pícara sonrisa–. ¿Puedo buscarte alguna tarea más sencilla?

–Si tú puedes arrancar maleza, yo puedo hacer esto –le dijo devolviéndole la sonrisa.

–Bien, consúltame si tienes alguna pregunta.

Tenía una en la cabeza, pero no era ni el momento ni el lugar para formularla. «¿Cuándo vas a volver a besarme?».

Le había asignado tareas en las que tenía que hablar con gente y pedirles que le mostraran distintos procesos. Y lo mejor de todo fue que al final logró convencerla para que salieran a comer.

–¿Qué tal os ha ido esta mañana?

–Sin problema –respondió él con una sonrisa.

–Bien –dijo Drew, aunque no sonó muy convencido.

–¿Qué pasa? –le preguntó Amanda.

–Esas facturas que me dijiste que mirara… la mujer que se ocupa de ellas es una bruja y no me está ayudando nada.

–¿Se te ha ocurrido ponerte en su lugar por un momento? –le dijo Will.

–¿Qué quieres decir? –le preguntó el chico extrañado.

–Eres auditor, y eso supone que estás comprobando lo que ella hace, así que está asustada por si encuentras algo que esté mal y pierde su trabajo.

–Eso es ridículo, aunque si hace las cosas mal, tal vez no debería estar haciendo ese trabajo.

–Eso es lo más cruel que he oído en mi vida. ¿Amanda te trata así a ti?

–Bueno, no, pero sí que nos vigila más que los demás gerentes.

–Porque es lo que tengo que hacer, y la regla número uno es que siempre debemos ser educados con nuestros clientes. Y hablando de perder trabajos, ten esto en cuenta: si molestas a los empleados durante una auditoría, puede que den queja de ti. Si hay quejas, nuestra empresa pierde clientes, y si perdemos clientes, tenemos que reducir plantilla. Intenta extrapolarlo.

–¿Acabas perdiendo tu trabajo? –preguntó él.

–Y todo mi equipo.

–De mí no podrían deshacerse. Tengo un contrato en prácticas –dijo con altivez.

–Eso no hace que estés a salvo. Piensa en ello. Y voy a añadir un curso de habilidades sociales a tu plan de prácticas.

–Puede que te venga bien. Amanda tiene buenas habilidades sociales –apuntó Will.

–Sí, bueno, eso lo dirás tú.

Amanda se sonrojó.

–Si tratas a la gente con ese desdén, no te respetarán. Cuando seas gerente de auditoría, ¿te gustaría que tus empleados en prácticas fueran criticándote a tus espaldas?

–Pues no.

–Piensa en ello, y esta tarde voy a acompañarte a ver a esa mujer. Observa y aprende.

Después del almuerzo, Will hizo exactamente lo que había dicho.

–¿Qué ha pasado? –preguntó ella cuando fue a ponerla al tanto de lo sucedido.

–Drew está revisando los documentos que quería ver. Los he pedido por él. La pobre mujer estaba nerviosísima y lo último que necesitaba era la presión de tener que buscar unos papeles para alguien que la estaba tratando con aires de superioridad. Así que le he dado una taza de café, le he pedido que me dijera dónde estaban las facturas, y le he prometido que no le revolveríamos los papeles y que los dejaríamos igual que los habíamos encontrado. Ahora a Drew no le caigo muy bien, y es mutuo, pero creo que su actitud va a mejorar.

–Gracias, Will –le sonrió–. A veces me resulta complicado dirigir un equipo.

–Con comportamientos así, no me sorprende. Está claro que Drew se cree mejor que nadie porque ya ha terminado la universidad y sus compañeros aún están en ello, pero en el mundo real las cosas no funcionan así. Necesita llevarse algún escarmiento, y le llegará algún día.

–Sin embargo, en una cosa tenía razón. Mis habilidades sociales no son muy brillantes.

–Sí, es verdad que te sientes más cómoda con los números que con las personas, pero eso no justifica cómo te ha tratado. Y ahora, jefa, adelante. Siguiente tarea.

Esa noche Amanda estudió de nuevo mientras él estaba tirado en el sofá con un libro y escuchando música. Antes de irse a dormir, Will habló a la cámara diciendo:

–No deja que la gente se le acerque, y aunque estoy todo el día con ella, cada minuto que pasa estamos más distanciados. Y no sé por dónde empezar a romper esas barreras –apagó la cámara.

Lo cierto era que sí lo sabía, pero eso no podía compartirlo con el resto de la gente.

A la mañana siguiente se marcharon una hora antes.

–¿Y el gimnasio está cerca de la oficina?

–Sí, así puedo ir de camino a casa, normalmente los viernes, o antes del trabajo, como ahora.

Una vez en la recepción del gimnasio, le hicieron un pase de invitado y Will optó por probar una de las clases de *spinning*.

–Amanda, ¿vienes conmigo?

–No, yo tengo una tabla de entrenamiento.

Will fue el primero en cambiarse, y para cuando Amanda salió del vestuario, la estaba esperando apoyado en la pared. Se le hizo la boca agua al verla con esa camiseta ajustada y esos pantalones cortos que resaltaban todas sus curvas.

–Anda, venga, la clase de *spinning* parece divertida. ¿Por qué no vienes a hacerlo conmigo?

Aunque no había pretendido insinuar nada con eso de «hacerlo», Amanda sin duda lo interpretó así, porque se sonrojó al instante. Y ese rubor lo llenó de alegría.

–Bueno, pues nos vemos luego.

Eligió una bici situada en el centro de la sala.

–Vaya, hoy tenemos un hombre en clase –dijo una mujer–. Hola, soy la monitora.

–Will Daynes.

–¿Es tu primera clase de *spinning*?

–Sí.

La mujer le explicó cómo funcionaría la clase.

Fue mucho más intenso de lo que se había imaginado.

–¿Te ha gustado? –le preguntó la mujer que tenía al lado.

–Más de lo que me esperaba.

–Es genial, llevo tres meses viniendo –añadió otra–. ¿Entonces vas a volver?

–No estoy seguro. Solo estaré en Londres una semana.

–Qué pena –exclamó la primera mujer con una sonrisa–. ¿Estás aquí por trabajo?

–Sí.

–No hay nada peor que estar encerrado en un hotel –dijo la otra de camino a los vestuarios–. Esta noche vamos a ir al pub. ¿Por qué no vienes?

Amanda no se podía creer lo que oyó al salir de la sala de pesas e ir al vestuario. Will solo había estado allí una hora y ya tenía mujeres revoloteando a su alrededor y pidiéndole salir. De pronto, no le gustó la idea de que pudiera dejarla sola.

–Sois muy amables, pero no he venido solo. Estoy con un colega.

–Pues tráelo.

–Querrás decir «tráela» –la corrigió con una sonrisa–. Y lo siento, pero esta noche hemos quedado, aunque os agradecemos mucho la invitación, ¿verdad, Mands?

¿Mands? Eso sí que era nuevo.

–Hola, Will. Sí, tienes razón, muchas gracias por la invitación –forzó una sonrisa.

–¿Has hecho mucho ejercicio, Mands? –le preguntó rodeándola por los hombros.

–Mmm –respondió derritiéndose, sin saber qué decir.

–¿Y tú también pasarás aquí la semana? –le preguntó una de las mujeres.

–Yo trabajo aquí al lado.

–Pues no te había visto nunca por aquí.

–Porque suelo ir a la sala de pesas.

Ser el centro de atención era… horrible. Las demás mujeres la estaban mirando y preguntándose qué hacía un hombre tan encantador como Will con una mujer como ella, porque aunque hubiera dicho que eran colegas, el modo en que la había rodeado con su brazo había insinuado otra cosa. Sin embargo, ninguna podía creérselo, y eso le dolía mucho.

–Vamos a llegar tarde al trabajo, Will. Y tengo que ducharme.

–Nos vemos en un minuto –respondió acariciándole la nuca y lanzándole una sonrisa que les dejó claro a esas mujeres que preferiría darse esa ducha con ella.

Ni el agua fría de la ducha le redujo el calor de las mejillas. Aún estaba ardiendo cuando salió del vestuario y se encontró a Will esperándola.

–No lo puedes evitar, ¿verdad?

–¿Qué?

–Lo de flirtear.

–No estaba flirteando. Esas mujeres solo intentaban ser simpáticas.

–Sí, contigo –y no se había referido a que hubiera flirteado con ellas, sino con ella. A cómo la había mirado, cómo le había acariciado la nuca…

–¿Estás celosa?

–¡Claro que no! ¡Y no me llames Mands.

–¿Por qué no? Es una monada de nombre.

116

–Me llamo «Amanda».

–Amanda.

¿Cómo podía hacer que esa palabra sonara como una caricia? Esa mañana necesitaría algo más que café para poner a raya su libido.

Otro interminable día en la oficina; tanto que a la media hora Will ya no pudo aguantar más y se levantó para ir a ver las plantas. Amanda no le dijo nada, pero cuando volvió a la mesa, le pasó una nota donde le decía: «¿Qué estás haciendo?». Él escribió: «Arreglando las plantas. Ya te dije el lunes que no están bien regadas. Ahora crecerán bien». Amanda contestó: «Deberías estar haciendo todo lo que haga yo». Y Will lo sabía. «¿Pero tú podrías haberte aguantado si yo hubiera hecho mal las cuentas del centro de jardinería?». «Probablemente no». «Exacto». Amanda ya no respondió y siguió trabajando. Sin embargo a Will le gustó el jueguecito de los mensajes. ¿Qué haría si le escribiera «quiero besarte»? Seguro que saldría corriendo, pero... Le escribió: «Hoy vamos a salir a comer. Busca algún parque cerca». «No hay ninguno y, además, hace demasiado calor. La oficina tiene aire acondicionado». Debería habérselo esperado, se había quedado horrorizada cuando la había llevado al Jardín Botánico, aunque al final también lo había besado... No. Tenía que dejar de pensar en eso o cometería un error. Pero es que estaban tan cerca, y podía oler su perfume; tan cerca que sus rodillas podían rozarse.

Como pudo, logró sobrevivir al resto de la mañana, a un sándwich envasado al vacío y a una tarde interminable. Pero cuando fueron al supermercado y Amanda lo llevó a la zona de refrigerados para que eligiera un plato precocinado, estalló.

–¡Se acabó, vamos a romper las reglas!

–Y ahora, clases de cocina. Enciendes el horno. Colocas el salmón en un trozo de papel de aluminio. Le pones un poco de mantequilla y pimienta negra. Doblas el papel y metes el salmón al horno. Te da prácticamente el mismo trabajo que esos asquerosos platos precocinados.

–¿Intentas que me sienta culpable?

–No, solo intento que comas bien. Déjalo en el horno treinta minutos, y puedes hacer lo mismo con una pechuga de pollo o una chuleta de cerdo, y acompañarlo de verduras al vapor. No es más complicado que meter una bandeja de plástico en el horno. Cinco minutos es todo lo que necesitas.

–No le veo sentido a cocinar.

–Creía que ya te había enseñado que la comida es más que un combustible.

Las pupilas de Amanda se dilataron; sí, sin duda estaba recordando aquella lección en el jardín.

–Pero eso es en tu mundo, Will. Este es el mío.

Un mundo en el que él no encajaba. Tendrían que encontrar algún punto intermedio, aunque ahora mismo no estaba seguro de dónde hallarlo.

Capítulo Once

–Ah, Amanda, justo la mujer que buscaba.

En otras palabras, Ed llevaba retraso con una auditoría y necesitaba a un par de sus becarios.

–Sí, de acuerdo. Te pasaré sus códigos para la hoja de presupuesto.

–No siempre quiero quitarte a tus becarios –dijo riéndose.

Claro que sí. Era lo único por lo que se molestaba en hablar con ella.

–¿Qué puedo hacer por ti entonces? –preguntó con la más educada de sus sonrisas.

–Me preguntaba si querrías salir a cenar con nosotros esta noche. Vamos a un chino. Will me ha dicho que te lo preguntara a ti.

Así que era eso, concluyó intentando ignorar ese nudo de dolor. Querían salir con Will y él les habría dicho que solo iría con ella. Lo mismo que había pasado en el gimnasio.

–Yo… eh…

–Lo has tenido para ti sola toda la semana.

–Porque tiene que seguirme todo el tiempo.

–Sí, en el trabajo –contestó Ed sonriendo–. Pero fuera, bueno…

–No sé qué estás queriendo decir, pero solo somos compañeros.

–¡Oh, vamos, Amanda!. Las mujeres de la oficina están coladitas por él y tú pasas todo el día a su lado. No me digas que no ha logrado derretir el hielo que corre por tus venas.

–Es mi vida privada y ya te he dicho que es un compañero. Si quieres especular, te sugiero que lo hagas fuera del trabajo. Y ahora, si no te importa, algunos tenemos que trabajar.

–Tú misma –dijo Ed levantándose de la mesa.

Intentó concentrarse en el trabajo, pero por dentro estaba que echaba humo. Ed había suspendido los exámenes dos veces y, aun así, lo habían ascendido a director, mientras que ella había sacado notas sobresalientes y seguía donde estaba.

–Me alegra que eso sea un lápiz y no una daga. ¿Estás bien?

–Sí, si no fuera porque me gustaría asesinar a alguien. Si quieres ir a esa cena esta noche, muy bien. Te daré las llaves de casa.

–¿Es que tú no quieres ir?

–Sabes tan bien como yo que no encajo aquí –respondió suspirando.

–Y si no haces ningún esfuerzo, ¿cómo vas a encajar?

–A lo mejor no quiero. A lo mejor estoy perfectamente bien así.

–Anda, ven conmigo.

–¿Adónde?

–A la sala de reuniones –le quitó el lápiz de los

dedos, la puso en pie y agarró una carpeta que había sobre la mesa–. Tenemos que hablar –entraron en la sala y cerró la puerta–. Ahora vas a contarme qué pasa.

–Nada.

–Mira, si te guardas eso que te molesta, irá creciendo y creciendo y te hará sentir peor. Dime qué pasa y así tendrás la mitad del problema resuelto.

–Ya te he dicho que odio que la gente cuchichee sobre mí.

–¿Quién está cuchicheando?

–Ed. Cree que tú y yo somos…

–Pues deberíamos darle algo de qué hablar.

Antes de poder reaccionar, la sentó en la mesa, la atrajo hacia sí y la besó. De pronto Amanda vio estrellas en su cabeza y comenzó a devolverle el beso. Cuando él se apartó, estaba hiperventilando, y entonces recordó dónde estaban: en la sala de reuniones, donde cualquiera podría verlos.

–Estamos en la oficina, yo no hago estas cosas en el trabajo –y tampoco es que lo hiciera fuera, pero esa era otra cuestión.

Will le deslizó el dedo por el labio inferior, haciéndola temblar de deseo.

–Y yo tampoco, pero llevo fantaseando con esto una semana –sus ojos se iluminaron con un brillo dorado de deseo.

–Will, eres imposible –le dijo ella sin poder contener una sonrisa.

–Pero ahora mismo te he hecho sonreír, así que he cumplido mis objetivos del día.

–¿Qué objetivos? –le preguntó con cierto recelo.

–En primer lugar, hacerte reír. Y en segundo lugar, besarte… tanto como para hacer que tú me hayas besado a mí.

–¿Y por qué querías besarme?

–¿En serio no lo sabes?

–Si lo supiera, no te lo preguntaría.

–Quiero besarte porque me siento atraído por ti. Extremadamente atraído. Y si no me crees… –la acercó a su erección.

Si antes Amanda había sentido calor en el rostro, ahora era como si lo tuviera en llamas.

–¿Sabes lo sexy que te pones cuando te sonrojas?

–Will, no puedo hacer esto. Estamos en la oficina y tengo una reunión en diez minutos.

–Qué pena –le susurró al oído–: Diez minutos no son suficientes para hacer lo que quiero hacer contigo. Necesito mucho más.

–Tengo… tengo que retocarme el pintalabios.

–Estás preciosa tal cual estás –le colocó un mechón de pelo detrás de la oreja–. Relájate.

Ese era el problema; no podía. No sabía cómo.

–Tengo que prepararme para esta reunión, Will. Es importante.

–De acuerdo. Podemos esperar a más tarde. Y es una promesa, Amanda.

Amanda tuvo que hacer un gran esfuerzo para concentrarse durante la reunión con el cliente, y ni se atrevió a mirar a Will a los ojos porque sabía lo que vería en ellos: un calor que le llenaría el cuerpo de deseo.

Durante el almuerzo se negó a salir de la oficina porque sabía que Will había buscado el parque más cercano y tenía pensado llevarla a tomar un picnic. Estaba demasiado asustada.

La cena fue una tortura, y no se enteró de nada de lo que estuvo hablando la gente porque tenía a Will enfrente, con esa sexy sonrisa. A Will, cuya mirada le estaba prometiendo que continuarían con lo que les había quedado pendiente la noche de las fresas. No la tocó, y tampoco le hizo falta, porque bastó con esa mirada que le lanzó mientras se tomó la onza de chocolate negro que acompañaba al café y que saboreó tal como tenía pensado saborearla a ella. Tampoco la rozó siquiera de camino al metro, pero sí que se sentó a su lado; tan cerca que sus muslos se tocaron.

—Bueno, ¿y ahora qué, preciosidad?

—No soy una preciosidad, solo soy del montón.

—No, no lo eres. ¿Es que nadie te ha dicho lo bonita que eres? Tienes los ojos del color del cielo de los Fens a principios de primavera, y la boca perfecta. Cuando sonríes, se te ilumina todo la cara y me hace querer hacer esto —la besó con delicadeza y se apartó lo justo para poder mirarla a los ojos—. Los dos hemos estado conteniéndonos, hemos decidido que somos demasiado distintos para que esto funcione, pero he estado pensando que a lo mejor nos hemos equivocado, porque tal vez nuestras diferencias nos completan —al ver la expresión de duda de

Amanda, se acercó más para añadir–: Quiero hacer algo más que besarte. Mucho más. Porque sé lo que es estar medio desnudo contigo y quiero, deseo, estar completamente desnudo contigo. Solos tú y yo, sin nada por medio –le susurró al oído.

–Estás borracho.

–No me he tomado ni una copa de vino –le mordisqueó la oreja–. Son las feromonas.

–El sexo… está sobrevalorado.

–¿Ah, sí? Pues te reto a que comprobemos juntos si es así o no. Vive peligrosamente por una vez, y no te preocupes por el tema de la protección, porque cuidaré de ti. Pero que quede claro que soy muy selectivo. No me acuesto con todas mis novias.

–Yo no soy tu novia.

–Esta noche quiero que seas mi amante. Di que sí –le susurró al oído y le acarició la piel con su cálido aliento.

–Sí –murmuró ella.

Will no respondió nada, pero su mirada lo dijo todo. Después de ese momento, Amanda ni siquiera recordó haber salido del metro y haber vuelto a su casa.

Apenas se había cerrado la puerta y ya la estaba besando. Besándola de verdad. Un beso de esos que solo había visto en las películas románticas; un beso ardiente, húmedo y con la boca bien abierta a la vez que se arrancaban la ropa y la iban dejando caer por donde fuera. Chocándose contra puertas y paredes. Sumidos en el deseo y la pasión. Will la levantó en brazos, la llevó a su dormitorio y, sin dejar de besarla, le quitó la ropa interior y se desprendió de las prendas que le quedaban a él hasta que quedaron piel con piel. Amanda no podía recordar haber deseado a nadie así. Notaba sus dientes contra su cuello, sus manos sobre sus pechos y su abdomen, veía el abrasador deseo en sus ojos cuando la miraba. Pero cuando deslizó un muslo entre los suyos, se quedó paralizada y Will paró de inmediato.

–¿Qué pasa, cielo?

–Esto no se me da muy bien –admitió con la voz rota.

Will le acarició la cara y la besó con tanta delicadeza y tanta ternura que le llenó el corazón.

–No es una competición, es un trabajo en equipo.

–¿Trabajo en equipo?

–Eso es. Quiero descubrir cómo te gusta que te acaricien, qué te da placer, qué te hace sentir bien –volvió a besarla–. Y voy a mostrarte lo que me gusta a mí.

–Creo que estoy asustada.

–Pues no tienes por qué estarlo, porque vamos a estar muy bien juntos –frotó su nariz contra la de ella–. Confía en mí. Voy a empezar besándote por todas partes.

Para cuando terminó, ella estaba temblando y ansiosa de más.

–Te deseo –le dijo Amanda con la voz entrecortada.

–Bien, porque yo te deseo a ti también. Tanto que creo que me voy a morir si no... –muy lentamente, se adentró en su cuerpo, llenándola, y, cuando empezó a moverse, ella lo miró maravillada. Siempre había pensado que el sexo estaba sobrevalorado, pero eso no se parecía a nada que hubiera conocido hasta ahora. El modo en que sus movimientos avivaban su deseo, cómo la llevaba al límite, poco a poco, beso a beso. Podía sentir el calor desde las plantas de sus pies hasta la cabeza, y de pronto estaba cayendo por un precipicio. Él la devoraba con la boca mientras Amanda sentía la respuesta de su cuerpo en su interior. Al cabo de un momento, Will susurró:

–¿Te he hecho daño, cielo? Lo siento.

–No –respondió ella entre lágrimas–. No me has hecho daño.

Él le besó la mano y le secó las lágrimas.

–Cuéntamelo, Amanda.

–No sabía que podía ser así.

–Yo tampoco –le respondió acurrucándose contra su mejilla.

–No me lo creo, ¡si tú has tenido montones de novias!

–¡Pero cómo he podido ser tan insensible! ¿Estás diciéndome que ha sido tu primera vez?

–Tengo veintisiete años, no soy tan penosa.

–Cielo, ser virgen a los veintisiete no tiene nada de malo, demuestra que te valoras, que eres selectiva –le besó el hombro–. Lo siento. Habría ido más despacio de haberlo sabido.

–No soy virgen.

–¿Y, aun así, creías que el sexo estaba sobrevalorado?

–Sí –respondió avergonzada.

–Me parece que ese chico no se tomó el tiempo necesario.

–¿Qué quieres decir?

–Que no se molestó en descubrir qué te hacía sentir bien.

–¿Entonces no era culpa mía? –dijo sin darse apenas cuenta.

–No, claro que no. ¿Es que te dijo eso?

Ella desvió la mirada porque no quería ver cuánto la humillaba y dolía ese recuerdo.

–Mírame, Amanda –le dijo con delicadeza, y ella obedeció–. Mintió. No fue culpa tuya –le acarició la cara–. Eres perfecta –le besó la punta de la nariz.

–¿Cómo es posible con lo distintos que somos?

–Porque nos complementamos –otro beso, ahora en la comisura de la boca–. Además, la gente no se te da mal. De hecho, anoche en la cena brillaste. Cuando te dejas llevar y te relajas, a la gente le gusta estar contigo porque ya no les asusta no estar a tu altura. Relájate, cree en ti misma y nadie te rechazará.

–Odio esto, yo nunca lloro –dijo cuando las lágrimas comenzaron a brotar de nuevo.

–Las lágrimas pueden sanar –le besó la otra comisura–. Y otra cosa, eso de que no se te da bien el sexo… Si fuera verdad, ninguno de los dos habríamos llegado al clímax y yo no tendría que ir al baño ahora mismo para ocuparme de una cosa.

–Oh –vaya, no había pensado en eso.

–Pero no tardaré, y volveré porque quiero pasar toda la noche contigo, Amanda. Quiero dormirme contigo y despertarme contigo en mis brazos.

A Amanda se le derritió el corazón con esas palabras.

–No tardaré –le susurró al oído antes de darle otro beso.

Y fiel a su palabra, unos minutos después estaba a su lado, pegado a su cuerpo y rodeándola con sus brazos. Amanda nunca se había sentido tan protegida y amada. ¿Amada? No, él no había dicho nada de amor. Will no la amaba, solo se sentía atraído por ella. Y por eso esa noche era como un regalo, porque el intercambio terminaría al día siguiente y Will saldría de su vida para volver a su mundo. Pero esa noche, esa noche era suyo. Y con ese pensamiento se quedó dormida en sus brazos y sonriendo.

Capítulo Doce

A la mañana siguiente Amanda se despertó y se encontró a Will ocupando casi toda la cama. Desnudo estaba guapísimo. Tenía los pectorales completamente definidos, el abdomen era como una tableta de chocolate y los muslos fuertes. Por cómo respiraba podía ver que estaba profundamente dormido, y no pudo contener la tentación de deslizarle una mano por la cadera y acariciarlo. Ese hombre le había hecho el amor de un modo tan intenso que sus endorfinas aún estaban revoloteando por su interior. ¡Menudo cuerpo tenía! Y era un cuerpo que no se había trabajado en un gimnasio, sino uno al que había dado forma con su estilo de vida.

La sonrisa se le desvaneció. Un estilo de vida tan opuesto al suyo. No funcionaría, y por eso tenía que acabar antes de que sus sentimientos fueran a más, antes de que terminara sufriendo.

—Un poquito a la derecha —le dijo una sensual voz.

Ella apartó la mano avergonzada.

—¿Cuánto llevas despierto?

—Lo suficiente.

—¿Y por qué no has dicho nada?

–Porque estaba disfrutando. Me gusta cuando me tocas, Amanda –se incorporó para besarla–. No pares –le susurró.

–Yo… no podemos. Tengo que ir a la oficina y tú odias coincidir con la hora punta.

–Pues ahorremos un poco de tiempo –le dijo tomándola en brazos y yendo hacia el baño.

–¿Qué haces?

–Ahorrando tiempo –le besó el hombro–. Vamos a ducharnos juntos –abrió el grifo y la metió dentro con él.

–¡Will, no podemos…!

–Sí, claro que podemos –la interrumpió mientras se echaba gel en la mano. Después, le dirigió la sonrisa más sexy que había visto en su vida y le dio la vuelta para comenzar a extenderle el jabón. La acarició por la nuca, los hombros y la espalda. Y después la giró de nuevo para tenerla frente a él y hacer lo mismo por su clavícula, los costados y el abdomen, de un modo tan sensual y provocativo que ella estuvo a punto de suplicarle que le acariciara los pechos. Y como si le hubiera leído la mente, Will se los cubrió con las palmas y le rozó los pezones con los pulgares.

–Eres exquisita, y creo que esto me está torturando más a mí que a ti –se puso se rodillas y comenzó a echarle gel por las piernas, desde los tobillos hasta las rodillas; cuando llegó a los muslos, se los separó, y cuando le rozó el sexo con la punta de la lengua, Amanda casi gritó.

La fue llevando al límite hasta que ella hundió

las manos en su pelo y comenzó a gemir. Y entonces, con un fugaz movimiento, se puso en pie, la levantó y la sujetó contra la pared. La frialdad de los azulejos la arquearse hacia su cuerpo.

–Rodéame por la cintura con las piernas. Así mantendremos mejor el equilibrio –le dijo con la voz entrecortada.

Y entonces se adentró en ella. Amanda no estaba preparada para lo que sintió; con el agua cayéndole por encima y Will hundiéndose en su cuerpo, la invadió una sensación asombrosa, como si estuviera en medio de una tormenta, con relámpagos cada vez que él se adentraba un poco más en ella, y truenos al ritmo de los latidos de su corazón. Gritó cuando llegó al clímax y Will la sostuvo hasta que su cuerpo dejó de sacudirse de placer. Después, la dejó en el suelo.

Ahora le tocaba a ella bañarlo a él. Qué labor tan íntima. Disfrutó sintiendo sus músculos bajo sus dedos, explorándolo y descubriendo qué le hacía gemir de placer. Y justo cuando estaba a punto de usar la boca para volverlo tan loco como él la había vuelto a ella, Will la puso en pie.

–Vamos a llegar tarde y, aunque me encantaría pasarme todo el día en la cama contigo, me odiarías por ello.

–¿Odiarte?

–Porque para eso tendrías que pedir el día por enfermedad y sé que va contra tus principios.

–Sí –respondió Amanda cerrando los ojos.

–Ey… –la besó muy despacio–, pero tenemos

tiempo. Más tarde. ¿Te he dicho lo increíble que eres? Mira –le puso la mano en el pecho–. Haces que se me acelere el corazón.

–No me vengas con cuentos.

–Es la verdad. Y ahora a vestirnos –dijo cerrando el grifo–. Amanda… increíble.

Pero ella no se sentía así cuando terminó de vestirse, entró en la cocina y vio lo arrugado que estaba el traje de Will.

–Café –le dijo él acercándole una taza.

–Gracias, y siento lo de tu traje.

–Yo no, y no empieces a ponerte nerviosa por si la gente se fija, porque nadie se dará cuenta.

Pero ella no estaba tan segura. Ed y sus compinches siempre eran los primeros en destapar escándalos y adivinarían que Will y ella tenían una aventura.

–No te preocupes. Todo irá bien.

–¿Y cómo lo sabes?

–Lo sé –le besó la mano–. Te preocupas demasiado.

Por primera vez en su vida, el trabajo se le hizo pesado y, al mismo tiempo, fue como si el tiempo volara esa mañana: los últimos minutos que Will estaría allí antes de marcharse de Londres. Cuando dieron las tres, salieron de la oficina y fueron a casa. Aunque Will no tenía la maleta hecha, ya que habían estado ocupados con otra cosa por la mañana…, solo tardó diez minutos en prepararla.

–Bueno, pues aquí llega el final del proyecto de Dee.

–¿Estar en mi mundo te ha resultado tan malo como pensabas?

–La verdad es que no lo cambiaría por el mío –admitió Will–. Aunque ha tenido sus cosas buenas, y algunas espectaculares –la besó–. Ven a pasar el fin de semana conmigo, Amanda.

Era tentador, muy tentador. Un fin de semana paseando por el río, disfrutando de la fabulosa comida de Will, haciendo el amor y explorándose el uno al otro, todo un fin de semana con el sexy pirata que le había hecho el amor en la ducha hasta hacerle perder el sentido. Qué tentador.

Pero su sitio no estaba en los Fens y lo sabía. Ella era una chica de ciudad y, si se dejaba tentar, terminaría como su madre, amargada y resentida.

–No puedo. Mañana tengo que visitar a un cliente.

–¿Y qué va a pasar con nosotros ahora?

–Creo que es mejor que le pongamos fin antes de que alguno acabe sufriendo.

–¿Es eso lo que quieres de verdad? ¿O es que te asusta correr el riesgo?

–Somos demasiado distintos. Esto no puede funcionar.

–Bueno, pues si no quieres venir conmigo, le diré a Fliss que cuide de Sunny un poco más y cambiaré mi billete de tren para quedarme aquí el fin de semana. Mis jardines pueden esperar.

–Eso no es justo y, además, Dee vuelve esta noche. Will, es mejor cortar por lo sano.

—¿Entonces esto es un adiós y no un hasta luego?

—Esto es un adiós.

—Bueno, pues adiós. Y buena suerte con tu máster. Mereces que te hagan socia.

—Buena suerte con tus diseños.

Por un momento pensó que Will iba a besarla, pero entonces él recogió su maleta y se marchó de su casa y de su vida. Ahí acababa todo.

—Creía que Will te enseñaría a calmarte un poco –le dijo Dee casi una semana después–. Pero, si cabe, estás trabajando más que antes.

De eso se trataba, de acabar tan cansada como para no poder echarlo de menos. Tan cansada como para no recordar lo que era estar en sus brazos. Tan cansada como para no levantar el teléfono y admitir cuánto lo deseaba.

—Es que ahora estamos muy ocupados en el trabajo y tengo que empezar a preparar el máster.

—Si sigues con ese ritmo, te va a dar algo.

—Estoy bien –insistió Anna. O lo estaría si pudiera sacarse a Will de la cabeza.

—Así que Fliss ha decidido sacar la artillería pesada, ¿eh? –preguntó Will abrazando a su tía.

—Algo así. Está preocupada por ti, dice que estás trabajando demasiado, y hasta Sunny parece deprimida. Es por esa chica, ¿verdad? Con la que hiciste el intercambio.

–Helen, eres lo más parecido que tengo a una madre, pero no quiero hablar de esto.

–¿Por qué no vas a verla y hablas con ella?

–Porque me dejó claro que no le interesa tener nada conmigo, y no pienso suplicar.

–¡Los hombres y su orgullo! Es obvio que estás sufriendo. Ve a verla. ¿Qué tienes que perder?

–Pertenecemos a mundos distintos, ella odiaría estar aquí y yo no puedo vivir en Londres. Ni siquiera puedo respirar allí.

–¿Sabe que vives en Cambridge, verdad?

No respondió.

–¡Oh, Will! Con lo inteligente que eres y lo tonto que puedes llegar a ser a veces –le acarició el pelo–. Entiendo que los Fens no le gusten a todo el mundo, pero si es una chica de ciudad, podría acostumbrarse a Cambridge. Tienes una solución, aunque si vas a ser un orgulloso…

–Helen, está más obsesionada con el trabajo que mis padres, y ya sufrí bastante con eso durante mi infancia. No quiero ser el segundo plato en su vida.

–¿Y quién te dice que vayas a serlo?

–Va a hacer un máster, y entre eso y el trabajo no tendrá nada de tiempo libre.

–¿Y cuánto durará… dos años? ¿Y qué son dos años en toda una vida? Ve a verla. No dejes que tu orgullo se interponga. Si la deseas, lucha por ella antes de que sea demasiado tarde.

***

Will tardó cuatro días en tragarse su orgullo.

Guardó en una caja cuatro de las macetas que había plantado Amanda, las metió en el coche, se despidió de Sunny y se aseguró de que tuviera suficiente agua.

—Esta vez no puedes acompañarme porque no le dejan tener perros en su piso, pero con un poco de suerte…

Sin embargo, cuando llamó a la puerta, fue Dee quien abrió.

—¡Hola! No sabía que ibas a venir.

—Solo pasaba por aquí. ¿Qué tal marcha el programa piloto?

—Estoy a la espera de noticias. Cruza los dedos por mí —lo abrazó—. Muchas gracias, no podría haberlo hecho sin ti.

—No pasa nada… Eh… ¿Está Amanda?

—Está trabajando.

—¿A estas horas de la noche?

—¡Qué me vas a contar! Creo que está en la biblioteca preparando algo para el máster. Trabaja demasiado. Como dijiste en la cinta, tiene que aprender a relajarse. No sé a qué hora volverá.

—Le he traído esto, son las que plantó —le dio la caja a Dee.

—¿Te apetece un café o algo?

—No, gracias, solo estaba de paso, de verdad.

—Podría llamarla al móvil.

Will sacudió la cabeza. No serviría de nada, porque el hecho de que estuviera trabajando a esas horas ya le decía que la vida de Amanda no cambiaría nunca, que él siempre estaría en segundo lugar, igual que le había sucedido con sus padres.

–No puedo quedarme, he dejado en casa a Sunny.

–Bueno, me ha encantado verte. Le daré las plantas.

–Gracias.

Y de camino a casa intentó ignorar la sensación de pesar que lo invadía. Amanda tenía razón. Lo suyo no podía funcionar.

Cuando Amanda por fin llegó a casa una hora después, Dee estaba leyendo una revista.

–¡Vaya, ya dudaba si vendrías a dormir!

–Te dije que llegaría tarde.

–Will ha venido.

–¿Will? –la recorrió un cosquilleo–. ¿Por qué?

–Pasaba por aquí y te ha traído unas macetas que plantaste.

–Ah…

–Tenía tan mala cara como tú.

–Seguro que tiene mucho trabajo –si tan solo y triste se sentía, ¿por qué no la había llamado? Que no se hubiera quedado a esperarla ya se lo decía todo: no estaba preparado para esperar y quería que fuera ella la que se sacrificara.

–¿Por qué no vas a verlo, Mand?

–Porque no serviría para nada. Y ahora, si me disculpas, voy a darme un baño.

Y a lo mejor esa vez no recordaría cómo Will le había hecho el amor en la ducha.

Capítulo Trece

Unas semanas después Amanda se encontraba muy mal, y, ya que el periodo se le estaba retrasando una semana, comenzó a sospechar.

Seguro que era por el estrés, nada más. No podía estar embarazada. Cuando Will le había hecho el amor, habían utilizado protección, pero aun así… Al salir del trabajo pasó por un supermercado al que no solía ir y compró una prueba de embarazo. Por suerte, Dee estaba en una fiesta esa noche, así que estaría sola. Leyó las instrucciones, se hizo la prueba y esperó.

Los segundos pasaban… no podía estar embarazada. Por favor, no. No era momento para tener un bebé. Apareció una raya azul. «Por favor, que no salga otra». Por favor, por fa… No se podía creer lo que estaba viendo. Tenía que ser un error. Había dos rayas azules. ¡Estaba embarazada!

Fue a la cocina y se echó una vaso de agua. Embarazada de Will. ¿Qué iba a hacer ahora?

Lo primero era decírselo, por supuesto. Tenía derecho a saberlo, pero no podía hacerlo por teléfono, tenía que decírselo a la cara aunque eso supusiera volver a su mundo.

¿Pero, y después qué? No podía tener un bebé; no, cuando estaba a punto de empezar un máster de dos años. No, cuando se encontraba en un punto crucial de su carrera. Si lo dejaba todo por tener un bebé, estaría acabada, como le había pasado a su madre, y no volvería a tener más oportunidades. Además, ¿qué le hacía pensar que sería una buena madre? ¿Y si le pasaba como a su madre y descubría, después de tenerlo, que no le gustaban los niños? Por primera vez empezó a entender cómo se había sentido su madre viendo cómo todos sus planes se habían venido abajo por tener que ocuparse de «un feliz accidente». ¿Podía dejar que su hijo pasara por lo mismo que había pasado ella, que supiera que no era un bebé querido?

–¿Qué voy a hacer? –susurró.

Había una única solución, pero tendría que pensárselo muy bien…

Gracias a que apenas tenía relación con sus compañeros, durante los siguientes días ninguno se percató de que había dejado de beber café y que estaba decaída. Noche tras noche se planteaba la misma duda: ¿seguir adelante o ponerle fin al embarazo? Era su cuerpo, su elección… Sin embargo, a medida que pasaba la semana comenzó a entender que no tenía por qué ser como su madre, que ella podía tenerlo todo si era lo suficiente valiente.

Y así, llegado el sábado, decidió que debía contárselo a Will y que lo mejor era presentarse directamente en su casa. Se marchó temprano y a las ocho y media estaba aparcando fuera de la casa. Ignorando la ráfaga de adrenalina que la recorría, bajó del coche y llamó a la puerta.

–¿Puedo ayudarte? –le preguntó un hombre.

–Estoy buscando a Will.

–¿Will?

–Will Daynes.

–Lo siento, creo que te has equivocado de dirección.

¿Pero cómo iba a equivocarse si había pasado una semana allí?

–¿Has dicho Daynes? –preguntó una mujer saliendo a la puerta–. El señor Daynes es el dueño de la casa, a lo mejor está en el centro de jardinería. Recogimos las llaves allí el sábado por la tarde, ¿no te acuerdas, cariño? –le preguntó al hombre.

–¿Es que están aquí de vacaciones?

–Unos amigos nos la han recomendado. Es la mejor casa rural en la que hemos estado.

¿Casa rural? ¡Will le había mentido!

–Siento haberles molestado.

–No nos has molestado. De hecho, estábamos haciendo las maletas para volver a casa. Qué pena marcharnos. Es un lugar maravilloso, y a los niños les ha encantado.

Niños. Si Will le había mentido sobre su casa, ¿le habría mentido también sobre su vida? ¿Tendría hijos y estaría casado? ¿Estaba embarazada de un hombre casado y con hijos?

–¿Estás bien, querida? –le preguntó la mujer.

–Sí, es solo por el calor. Me agota.

–¿Te traigo un vaso de agua o algo?

–No, no, estoy bien. Me alegro de que hayan disfrutado de sus vacaciones –volvió al coche.

Condujo hasta el centro de jardinería secándose las lágrimas; no lloraría delante de Will Daynes. Pero cuando entró en el despacho, el hombre que vio junto al escritorio no era Will.

–¿Puedo ayudarte?

–Estaba buscando a Will… –le temblaba la voz y se le saltaban las lágrimas.

–Siéntate, cariño, te traeré un vaso de agua.

Antes de que pudiera protestar, el hombre se marchó y apareció al momento con el agua.

–Soy Martin Daynes, el tío de Will.

–¿Es usted el dueño del centro de jardinería y de la casa rural?

–Eh… sí.

–Soy Amanda Neave.

–Debería habérmelo imaginado.

–Will me ha mentido en todo.

–Oh, cariño, lo siento. Desde el principio supe que esto sería una mala idea.

–¿Lo del intercambio? –en ese momento entró una mujer guapa y alta–. Hola, soy Helen, la tía de Will.

–Me ha mentido –repitió.

–Pero no con mala intención, él no es así. Will es muy familiar.

–¿Así que está casado?

–No, está soltero. Hizo lo del intercambio para ayudar a la mejor amiga de su hermana y por mí, para que pudiera obligar a Martin a tomarse una semana de vacaciones. Ni te imaginas lo difícil que puede ser convencer a alguien para que se tome unas vacaciones –se llevó la mano a la boca–. Oh, lo siento, no pretendía molestarte con el comentario.

–No pasa nada, sé lo que la gente piensa de mí, que soy adicta al trabajo y… En fin. ¿Entonces Will no es diseñador de jardines?

–Sí, claro que lo es, y es brillante, pero le gusta hacer las cosas a su manera. Y por eso trabaja solo, no para mí –apunto Martin–. Me echó un ojo al negocio mientras yo estaba de vacaciones, pero no soporta estar metido dentro de una oficina.

Así que en eso no había mentido.

–Y no vive en los Fens.

–Me dijo que te diría la verdad acerca de dónde vivía, ¿es que no fue a verte? –le preguntó Helen.

–Sí, pero no estaba en casa.

–Estúpido. ¿Por qué no esperó a que llegaras? ¡Hombres! Dile que te cuente lo de sus padres.

–¿Sus padres? No me contó mucho de ellos, aunque de vosotros sí que me habló.

Martin y Helen se miraron.

–Supuse, por lo que me dijo, que no les hizo gracia que rechazara la beca en Oxford.

–¿Te contó eso? Casi nunca habla de ello. El hecho de que te lo contara… ¡Podría estrangularlo por ser tan terco! Tenéis que hablar ya mismo. No está lejos, vive en Cambridge.

Ahora entendía por qué conocía tan bien la ciudad.

–Siento haberos molestado –dijo al levantarse.

–No nos has molestado. Oye, cariño, parece como si hubieras estado llorando.

–No pasa nada, estoy bien.

–No, no lo estás. Le voy a llamar para que venga a buscarte aquí.

Amanda sacudió la cabeza. No quería tener público cuando hablara con Will.

–Estoy bien, de verdad.

–¿Y por qué no te llevo yo hasta su casa? –propuso Martin.

–Creo que Amanda debería verlo sola, cariño.

Helen agarró un papel del desordenado escritorio de Martin y dibujó un mapa.

–Es fácil de encontrar.

–Ahora mismo creo que quiero estrangularlo por haberme mentido.

–Pues escúchalo. Es un buen hombre, cielo. Todo saldrá bien. Tú habla con él.

Pero si no había sido sincero durante el intercambio, ¿cómo podía confiar en que lo fuera ahora?

Capítulo Catorce

Amanda condujo hasta Cambridge sin saber cómo iba a decirle que estaba embarazada.

Aparcó en su calle y, aunque no hubiera tenido el número de su casa, lo habría adivinado solo con ver las plantas y las flores del pequeño jardín delantero. Abrió el portón de la valla de hierro forjado y se quedó en la puerta un par de minutos antes de atreverse a llamar. Al momento se abrió y ahí estaba Will, ataviado únicamente con unos vaqueros desgastados. Tenía el pelo alborotado, no se había afeitado y estaba absolutamente apetecible... además de impactado.

–Hola, Will –dijo intentando sonar fría y calmada. Quería gritarle, preguntarle por qué le había mentido, pero al mismo tiempo deseaba que la abrazara.

–¿Amanda, qué haces aquí?

–Tenemos que hablar.

–Oh, mierda, lo sabes. Sabes que no fui del todo sincero contigo –se pasó una mano por el pelo–. Mira, será mejor que entres –la llevó al salón–. Siéntate. Preparé algo de beber.

El interior de la casa era tal como se había esperado, realmente acogedor, y por un segundo se preguntó cómo sería poder llamar «hogar» a ese lugar. Volver ahí de la ciudad cada día y ver a Will diseñando sus jardines. Entrar y oler el aroma a comida recién cocinada. Ver a sus hijos jugando en el jardín con Sunny… Pero ese no era su hogar, ella no encajaba en la vida de Will.

Al momento, Will llegó con dos tazas de café. Se había puesto una camiseta.

–Me has mentido, Will. No eres el hombre sincero que creía que eras. ¡Estoy tan enfadada contigo! –y confundida. No sabía si quería matarlo o besarlo.

–Si te hace sentir mejor, me odio por haberte mentido, pero ¿qué podía haber hecho? –sus ojos brillaban con una mezcla de culpabilidad y dolor–. Nunca tuve intención de hacerte daño.

–Pero me lo has hecho.

–Lo siento mucho, muchísimo. Quería ayudar a Dee y, además, tenía la oportunidad de devolverle a Martin parte de lo que me dio cuando era pequeño. Helen y él me criaron.

Helen le había dicho que le preguntara por sus padres; parecía que ahí estaba la clave.

–¿Por qué? ¿Tus padres están…?

–No, están vivos, y probablemente en Tokio o en Nueva York.

–¿No sabes dónde están?

–Si necesito saberlo, puedo concertar una cita con sus secretarias. No tengo relación con mis padres y nunca hemos estado unidos. Me metieron en un internado de pequeño y, como Martin y Helen no podían tener hijos, pasábamos los veranos con ellos. Son banqueros y tienen puestos de mucha importancia en sus respectivas empresas. Siempre están muy, muy, ocupados.

De pronto lo entendió todo, por qué Will odiaba tanto Londres, y por qué no la había esperado.

–Lo siento.

–No es culpa tuya.

–Y esperaban que siguieras sus pasos, pero al final seguiste los de Martin.

–Mi primer trabajo fue en el centro de jardinería. Martin me enseñó todo lo que sé de plantas y me apoyó cuando decidí estudiar horticultura. Me animó a seguir a mi corazón y a hacer lo que amaba. Por eso hice lo del intercambio con la intención de buscarle algo de publicidad para su negocio.

–Y lo de los diseños de jardines…

–Eso es verdad. Es a lo que me dedico a tiempo completo. Me he hecho un nombre y puedo elegir a mis clientes. Y ahora, ya sabes toda la verdad.

–¿Toda? ¿Me mentiste en Londres?

–¿Para llevarte a la cama? Por supuesto que no. Y no tengo ninguna relación con nadie.

–Ya que ha salido el tema, hay algo que tienes que saber… Estoy embarazada. No te preocupes, no espero nada de ti, puedo ocuparme yo sola del niño.

–Estás embarazada.

–Supuse que tenías derecho a saberlo.

–¡Estás embarazada! –repitió con una sonrisa de pura felicidad–. ¡Vamos a tener un bebé!

–Yo voy a tener un bebé.

–Vas a tener a mi bebé. Nuestro bebé. ¿Cuándo?

–Me he hecho la prueba a principios de semana.

–¡Vamos a tener un bebé!

–No me estás escuchando, Will. Es mi bebé.

–Para hacer un bebé hacen falta dos, Amanda. Es nuestro bebé. Y voy a cuidar de vosotros.

–No, de eso nada. Eso es lo que le pasó a mi madre.

–¿Qué le pasó a tu madre? –le preguntó con delicadeza.

–Que se quedó embarazada de mí y ahí acabó su carrera. Y como no podíamos permitirnos volver a Londres, se quedó atrapada en un lugar que odiaba.

Seguro que Amanda odiaba el campo porque lo asociaba con su madre, y tal vez los Fens eran un lugar demasiado remoto para ella, pero Cambridge era otra cuestión. Recordó las palabras de Helen, eso de que había una solución. ¡Claro que la había! Cambridge. Una ciudad con muchos espacios verdes. Un lugar que podría servirles a los dos.

–¿Le has contado a tu madre lo del bebé?

–Eres el único que lo sabe.

La levantó del sillón y la sentó en su regazo.

–¿Will, qué estás…?

–Acabas de decirme que vas a tener a mi bebé –con delicadeza, le posó la mano en el abdomen–, y necesito acercarme a ti. Mira, esto lo cambia todo. De no ser por Martin y Helen, mi infancia habría sido horrible, y la tuya no debió ser mucho mejor. Pero eso no le pasará a nuestro bebé.

—Mi bebé.

—Nuestro bebé. Sé que parte del problema era que tú trabajas en Londres y creías que yo vivía en mitad de la nada, pero no es así. Vivo en una ciudad.

—Cambridge no es Londres.

—No, pero tiene lo mejor de los dos mundos, porque podré tener un buen jardín y oír los pájaros por la mañana, y tú podrás ir a trabajar a Londres. Ambos seguiremos haciendo lo que nos gusta.

—Pero tendré que dejar mi máster, ¿cómo voy a estudiar con un bebé?

¿Veía Amanda al bebé como un obstáculo, y no como un milagro que enriquecería su vida?

—¿Estás pensando en abortar?

—No lo sé. Ahora mismo no tengo nada claro.

—Si crees que tus planes de futuro se han ido por el retrete, no es así —le acarició la cara—. Es cierto que tendrás que tomarte algo de tiempo libre, pero no hay razón para que no puedas estudiar ese máster, porque no estarás sola. También es mi bebé, y yo estaré apoyándote.

—¿Los fines de semana?

—No tengo intención de ser un padre de fin de semana. Seré padre a tiempo completo.

—¿Es que vas a quitarme la custodia? —le preguntó con temor.

—¡No! Voy a vivir contigo.

—Pero yo vivo en Londres y tú vives aquí.

—Eso se pude solucionar fácilmente. Vente a vivir conmigo. Tu empresa tiene sucursal aquí.

–No pienso ser yo la única que se sacrifique por esto.

–Es verdad, de acuerdo. Venderé mi casa y compraremos otra juntos. En Londres.

–Pero odias Londres. Dijiste que solo podrías vivir en los Fens.

–En Cambridgeshire –la corrigió–. Pero tienes razón. Yo también tengo que hacer algún sacrificio, así que aprenderé a vivir en Londres.

–No funcionará. Te sentirías tan atrapado en Londres como yo en los Fens. Crecí en el campo con todo el mundo pendiente de lo que hacía, sin encajar en ningún sitio porque mi madre era una chica de ciudad y no quería formar parte de la comunidad ni relacionarse con nadie, así que todos se cansaron de nosotras y optaron por ignorarnos. No quiero volver a sentirme así.

–No lo harás, porque estarás conmigo. Conmigo sí encajas, Amanda. Preferiría estar enjaulado en Londres que sentirme libre pero sin ti.

–¿En serio?

–En serio. Así que voy a decirte algo que sabes que no le he dicho nunca a nadie. Voy a decirte que te quiero. Te amo, Amanda. ¿Quieres casarte conmigo?

–No. No me casaré contigo. No tienes por qué casarte conmigo solo porque esté embarazada.

–¿Crees que te lo he pedido solo por eso? –le preguntó acariciándole la mejilla y esbozando la sonrisa más dulce que ella había visto en su vida.

–¿Y no es así? –contestó con la voz entrecortada.

149

–No. Mira, hace meses tuve una relación. Nina quería ir en serio, pero yo no, y cuando intenté ponerle fin a todo, la cosa se complicó mucho y terminé teniendo que recurrir a un abogado. Por suerte todo se solucionó, pero en aquel momento decidí que me tomaría todas las relaciones como una mera diversión. Hasta que llegaste tú… La persona que era totalmente opuesta a mí, alguien que pertenecía al mundo de mis padres, que comía comida basura y que era demasiado ordenáda y una mandona. Pero esa persona tenía algo especial que me hacía sentir… diferente. Es la persona más competente e inteligente que conozco –le besó las manos–, y tan sexy que apenas podía mantener las manos alejadas de ella. No me podía contener. La deseaba a morir. Pero era más que eso. ¡Mucho más! Me hacía sentir completo porque sus diferencias llenaban mis vacíos, al igual que yo llenaba los suyos. Sé cocinar y ella no. Es organizada y yo un desastre. A los dos nos falta algo, pero juntos… juntos formamos un equipo fabuloso. Y ahora formaremos un equipo aún mejor los tres. Nuestra familia –la besó suavemente–. Te quiero, Amanda. Mi mundo es un lugar mejor gracias a ti. ¿Qué me dices? ¿Te casarás conmigo?

–Will, no voy a encajar. A tu hermana no le caigo bien.

–Pero no vas a casarte con Fliss, vas a casarte conmigo. Y, en cuanto te conozca bien, cambiará de opinión. Además, mis tíos te han enviado aquí, ¿no te dice eso suficiente?

Eso era cierto; si no les hubiera caído bien, no le habrían dicho dónde vivía.

–Amanda, todo saldrá bien. Tendremos una nueva vida, una vida mejor. Lo mejor de ti y lo mejor de mí. Trabajo en equipo. Quiero casarme contigo por ti, porque estoy enamorado, no porque estés embarazada.

¡Cuánto deseaba creerlo! Pero no podía.

–Necesito tiempo para pensar.

–No te has tomado el café. Vamos a la cocina, te prepararé algo frío –la llevó de la mano.

¡La cocina daba a un invernadero de techos altos que conectaba con el jardín. Embelesada, le soltó la mano a Will y fue a mirar el jardín. Tenía un manzano, un huerto, un patio con geranios de colores y hierbas aromáticas, y una mesa con sillas.

–Como fuera siempre que puedo –le dijo Will dándole un vaso de agua fría con lima.

–¡Es una maravilla! ¿De verdad renunciarías a esto para mudarte a Londres por mí?

–Sin dudarlo. Sin ti, todo esto se vuelve monocromático. No tiene ni aroma, ni sabor.

Y mientras Amanda contemplaba el jardín, entendió lo que quería: una niña correteando por allí con Sunny, un niño plantando girasoles con su papá. Ella, con su máster terminado y volviendo a casa desde la oficina de Cambridge. A casa, con Will. Porque ese era el lugar que le correspondía, donde podría tenerlo todo: paseos en batea por el Cam un sábado por la tarde, caminar de la mano con su marido por Grantchester, hacer muñecos de

151

nieve en el jardín con sus hijos, y ser socia en una gran compañía.

Podría tenerlo todo. Con Will.

–Trabajo en equipo. Lo mejor de tu vida y lo mejor de la mía –sonrió–. No renuncies a la casa, Will. Es perfecta. ¿Sigue en pie la oferta de mudarme aquí?

–Sí, pero con una condición –le dijo con el rostro iluminado de esperanza.

–¿Cuál?

–Un anillo de boda.

–Pues tendrás que arrodillarte y pedírmelo en condiciones.

–Ya lo he hecho.

–Pero no de rodillas.

–¿Ya intentas organizarme la vida otra vez? –bromeó.

–Será mejor que te vayas acostumbrando. Vamos, de rodillas –dijo sonriendo, y él obedeció.

–Amanda Neave, te quiero. ¿Me harás el honor de ser mi esposa?

–William Daynes… –sabía que merecía la pena arriesgarse por Will, porque él convertiría su vida en un jardín de rosas… y la mantendría a salvo de las espinas–. Yo también te quiero.

–¿Sí o no?

–Creía que los jardineros tenían más paciencia –¡qué boca tan sexy tenía! Y quería sentirla contra la suya, sentirla por todo su cuerpo. Le soltó la mano, se arrodilló y le tomó la cara entre las manos. Su pirata, el hombre con unas manos tan delicadas como para proteger la más frágil de las flores. Y era todo suyo. Lo besó.

—Amanda, eres el amor de mi vida. Me voy a volver loco si no me respondes. ¿Te casarás conmigo y serás mi esposa, mi amante y mi compañera eterna? ¿Sí o no?

—Sí —respondió con una sonrisa.

Epílogo

Dos años más tarde

—¡Mamá! —la niña, que corría hacia Amanda, se tropezó y cayó.

Pero antes de tocar el suelo de la cocina, Will la levantó en brazos y se la dio a su madre. Amanda la abrazó y comenzó a darle vueltas en el aire.

—¡Hola, cariño! Mi niña preciosa —su pequeña, con el pelo rebelde de Will, sus ojos azules y una sonrisa inmensamente dulce.

—Señora Daynes, tiene correo —dijo Will sonriéndole.

Ella lo besó mientras agarraba el sobre.

—Los resultados.

—¿Quieres que lo abra yo?

—No —respiró hondo—. ¡Oh, vaya…! —dobló el papel.

—Imposible. No me creo que mi mujer, que es un genio, haya suspendido un examen.

Le pasó la carta a Will que, tras leerla, dio un grito y la tomó en brazos.

—¡Genial! ¡Lo sabía!

—*Mami bailar* —dijo Lily—. *Lily bailar, Sunny bailar.*

Amanda se rio, tomó a su hija en brazos y le dio vueltas mientras Sunny correteaba a su alrededor con uno de los zapatos de la pequeña en la boca.

–Yo no la abriría todavía –le dijo a Will al verlo sacar una botella de champán de la nevera.

–¿Es que hay más noticias?

–Patrick me ha llamado para hablar con él hoy –sonrió. Adoraba la oficina de Cambridge, donde la habían ascendido a directora de auditorías y se llevaba genial con todo el equipo–. Adivina quién será la nueva directora del departamento desde el lunes.

Will la tomó en brazos otra vez.

–¿Un máster y un ascenso el mismo día? Olvidémonos del champán y vamos a salir a cenar.

–Pizza –dijo Lily.

–Has heredado el gusto de tu madre por la comida basura.

–Pero como su padre es un sibarita, será una pizza con clase –contestó Amanda con una sonrisa–. ¿A que hoy no has organizado el correo?

–No, he estado ocupado dibujando con Lily –sí, podía ver trozos de papel por toda la cocina y el estuche de dibujo que Dee, la madrina de Lily y recién estrenada productora de televisión, le había regalado–. Es mi día libre.

–Pues deberías revisarlo por si hay algo urgente. Puede que haya algo que tengas que ver.

–¿Pero es que no puede esperar?

–No.

–Tu mami –le dijo a Lily– es una controladora compulsiva –añadió al salir de la cocina.

Amanda se cruzó de brazos y contó. Iba por el treinta y dos cuando Will volvió con el sobre.

–¿Positivo?

–Eso es lo que significan las dos rayas azules –contestó ella riéndose.

La última vez que había visto esas dos rayitas había creído que el mundo se le venía abajo; ahora, habían supuesto una alegría desde el principio.

–Trabajo en equipo.

–Sí, juntos somos invencibles –le dijo Will abrazándola–. Tú, yo, Lily, Sunny y nuestra nueva barriguita.